徐 葵◎著

徐葵序言集

新华出版社

图书在版编目（CIP）数据

徐葵序言集/徐葵著 . ——北京：新华出版社，2016.10
ISBN 978－7－5166－2883－6

Ⅰ.①徐…　Ⅱ.①徐…　Ⅲ.①序言—作品集—中国—当代
Ⅳ.①I267

中国版本图书馆 CIP 数据核字（2016）第 252474 号

徐葵序言集

作　　者：徐　葵

责任编辑：陈君君　　　　　　封面设计：刘宝龙
责任印制：廖成华　　　　　　责任校对：刘保利

出版发行：新华出版社
地　　址：北京石景山区京原路 8 号　邮　编：100040
网　　址：http：//www.xinhuapub.com　http：//press.xinhuanet.com
经　　销：新华书店
购书热线：010－63077122
中国新闻书店购书热线：010－63072012

照　　排：新华出版社照排中心
印　　刷：北京文林印务有限公司
成品尺寸：145mm×210mm
印　　张：7　　　　　　　字　　数：110 千字
版　　次：2016 年 10 月第一版　印　　次：2016 年 10 月第一次印刷
书　　号：ISBN 978－7－5166－2883－6
定　　价：32.00 元

谨以此书献给徐葵先生
九十岁华诞

——新华出版社

目　录

— 1 —

序　言

　　徐葵同志决定出版一本序言文集,将他过去为23本译著的中文版撰写的译序,包括"译者的话"、"译者说明"、"译校后记"、"校者的话"、"出版说明"等文稿,经过润色、修改、加注,辑集在一起,同时还把他为四位中国学者撰写的有关苏联和俄罗斯问题的四本著作写的序言一起辑集在这本文集里,以飨读者。我对此完全赞成和支持。徐葵同志为这些译著写的"译序",我过去几乎全都阅读过,有的还不只阅读过一次,如今拿来重温一遍,依然觉得很新鲜,很有收获,也很有感触。

　　他主持翻译的20多本译著,连同他撰写的20多篇译序，除两本是在 1991 年以前出版的以外，其余都是他根据当年苏联发生剧变的形势变化和国内研究苏联剧变的紧迫需要而翻译出来的，20 多篇"译序"也是他力图为读者提供了解原著作者的情况和原著的主要内容而撰写的。据我所知，徐葵同志当年还主持翻译了另外多部译著，也同样为之撰写了"译者序言"，或"编写说明"。其中就有（俄）维·尼·布拉涅茨的《棋子：国防部秘书眼中的俄罗斯将军们》（新华出版社 2003 年版）、（美）杰里·霍夫的《丢失的巨人》（新华出版社 2003 年版）、（哈）纳扎尔巴耶夫的《在历史的长河中》（民族出版社 2005 年版）、（美）专门研究布哈林的斯蒂芬·科恩教授的《布哈林与苏联的布尔什维克革命》（人民出版社于 1981 年作为黄皮书出版，后东方出版社又于 2005 年用《布哈林政治传记》的书名再版），此外还有由徐葵等几名中国学者编辑和翻译而成的《普京文集—— 文章和讲话选集》（中国社会科学出版社 2002 年版，这本选集中载录了江泽民署名的序言和俄罗斯总统普京署名写的致中国读者的信），以及《普京文集（2002—2008）》（中国社会科学出版社 2008 年版，这本文集中载录了胡锦涛署名的序言和俄罗斯总统普京署名的致中国读者的信）等。在当年，这些译著对渴望了解苏联历史和苏联剧变真相的广大读者以及试图及早揭开苏联剧变之谜和苏联的继承国俄罗斯现状的国内理论工作者和苏东研究界，无疑提供了巨大的帮助。有的译著如《苏联政治内幕——知情者的见证》和《一杯苦酒——俄罗斯的布尔什维克主义和改革》曾受到当时我们国家最高领导层的重视。

徐葵同志的"译序"写得十分规范，不仅对原著的写作背景、主要内容、作者的身世作了客观介绍，而且有时也对原著中涉及的不少人物和事件提出他本人的评论和看法，以供读者参考。可以说他的每一篇"译序"都是一份内容丰富、逻辑严谨的学术研究性作品。

把各本原著作者的情况介绍给读者，这是这本文集内容的一个重要组成部分，也可以说是对原著中文版内容所作的重要补充。对此，徐葵同志是下了很大功夫的，因为他需要介绍给读者了解的作者群体，各有其特殊的身份。这些作者中包括：原苏共中央总书记、苏联第一位也是最后一位国家总统戈尔巴乔夫，苏共中央政治局委员、协助戈尔巴乔夫于 1985 年开始进行改革的左右手和"改革的设计师"雅科夫列夫，原苏共中央政治局委员、苏联解体后担任哈萨克斯坦总统的纳扎尔巴耶夫，苏联解体后担任俄联邦副总理、被称为"俄罗斯私有化之父"的丘拜斯，苏联和俄罗斯政治活动家、苏联和俄罗斯科学院美国和加拿大研究所所长阿尔巴托夫，在戈尔巴乔夫身边六年一直担任戈氏助理的原苏共中央国际部主管非社会主义国家共产党事务的部长切尔尼亚耶夫，原苏共中央委员、著名作家卡尔波夫，出身于苏联外交世家、曾任苏联驻华大使的特罗扬诺夫斯基，长期在苏联国防部和总参谋部任职的苏联上校军官布兰涅茨，还有几位久负盛名的长期研究苏联政治和苏联历史的资深学者，以及长期跟踪苏联和俄罗斯领导人的几位很有名气的专栏作家和新闻工作者。这些作者中不少人是处在或接近于国家的权力中心，是国家政策的设计者和推动者，有的则是决定和左右国家命运的领导人，对国家的兴衰负有重要责任。这些人物对苏联剧变内幕有亲知、亲历的特殊感受，所以他们的著作具有很大的信息量和重要的历史资料，值得读者阅读和研究。为了作好对这些作者的介绍，需要作多方面的撷取和考证，力求客观与符合实际；往往需要把这些人物放在苏联历史的发展过程中来介绍，如把作者本人及其父辈、祖辈在苏联各个历史时期的政治命运、政治生涯，包括职业、社会地位、境况、升迁、遭遇、荣辱、业绩等都要尽可能详尽地介绍给读者。徐葵同志就是这样做的。他写的译序中对有些作者像阿尔巴托夫、雅科夫列夫、米格拉尼扬、卡尔波夫等用了不下2000字的笔墨加以介绍。我想徐葵同志之所以这样写，首先是为了让读者有机会更多地、更全面地去认识和了解这些人物，以便从镌刻在这些人物心中的尚未消失的历史印记中，去发现和寻找他们所参与并见证的一些历史事件的发展和变化的过程，从而有助于读者提高对译著的阅读效果并增强对书中内容的领悟和判断。本书的另一个重要组成部分，是对这批译著的一些核心内容的介绍。其中包括原著的写作背景、成书经过、核心观点、重大史实的记述，学界的评论等内容。在列示的 23 本译著中，有 8 本是记述和评论历史人物的，其中有的人物在历史上曾很有影响，而且迄今对之仍有争议，所以比较敏感，是读者很希望了解的。这些人物包括布哈林、赫鲁晓夫、安德罗波夫、戈尔巴乔夫、贝利亚、苏联大清洗中被处决的 4 名苏联元帅、苏联时期的 13 位外交部部长。这批原著的作者，站在他们所处年代的立场上，使用大量翔实的历史资料（许多来源于解密的档案资料），紧密联系苏联当时的历史实际，对苏联一些历史人物的历史功过和命运，作了详细记述和评价。对这类书籍，徐葵同志在"译序"中都作了取舍不一的引介，有时则非常坦率地提出自己的看法。例如他在为《我的父亲贝利亚》一书中文版写的"译序"中，就对苏联高度集权的政治体制和长期存在的党内极不正常的政治生活，提出尖锐的评论，他在这本书的译序写道："看了这本书，我想在回顾苏联历史时，我们头脑中很自然会提出一个严肃的问题：苏联领导集团当时为什么要采取这种手段来解决内部政见分歧……政见上的分歧与不同意见怎么会发展成突然逮捕、加罪、处决的悲惨结局？"

徐葵同志主持翻译的几十本译著，和他为这批译著撰写的译者序言反映了原著的不同作者，从不同的角度和侧面及在不同程度上对苏联在 74 年历史中发生的具有转折性意义的那些重大事件所作的记述和评论。这些事件包括 1917 年二月革命，1917 年十月革命，20 世纪 20 年代末和 30 年代初苏联工业化和农业集体化的大论战，20 世纪 30 年代的肃反扩大化——大清洗、1941 至 1945 年反抗法西斯德国侵略的卫国战争，1953 年斯大林的逝世，1956 年赫鲁晓夫在苏共 20 大上所作的关于斯大林个人迷信的秘密报告，1985 年戈尔巴乔夫的上台和其后召开的苏共 27 大和 28 大，1988 年开始的苏联政治体制改革，1991 年的"8·19 事件"，1991 年 8 月俄罗斯、乌克兰和白俄罗斯三个加盟共和国领导人签署的"别洛韦日协议"，1991 年 12 月 25 日的苏联解体等。这些作者都是苏联各个时期的历史人物，他们在各自的著作中把他们所经历的那些历史事件串联起来，为人们提供了苏联这个大国由弱到强，由强到弱到亡的历史连环画卷。徐葵同志在这本文集中向读者译介和转述的，则可以说是有关苏联 74 年历史变幻的一本简明的画册。

　　在徐葵同志主持翻译的几十本译著中，有几本译著理论色彩比较浓，是从理论和实践的结合上论述苏联历史和苏联社会主义制度的综合性或专题性研究著作，所以颇为引人注目。这几本著作就是格·阿尔巴托夫的《苏联政治内幕——知情者的见证》、亚·雅科夫列夫的《一杯苦酒——俄罗斯的布尔什维主义和改革》、安·米格拉尼扬的《俄罗斯现代化的道路为何如此曲折》和《俄罗斯现代化和公民社会》。对这几本书，徐葵同志在他写的译序中都加重了笔墨，甚至采用摘录、归纳和梳理的方法加以介绍，常有点睛之笔。限于篇幅，这里我只想就《一杯苦酒》多写几句。因为这是徐葵同志最用心的译著之一，也是曾经受到中央领导同志重视的一本书。这本书我曾读过两遍。这本译著的作者在全书中对苏联74年的社会主义制度持全盘否定的态度，称马克思主义是"乌托邦的虚幻"，"是一种新宗教"，"不会有生命力"，称"十月革命是一场布尔什维克政变"，"是一种超恐怖革命"，"是葬送了民主的十月政变"，称苏维埃政权是"恐怖和暴力政权"，布尔什维主义是"墓地十字架的种植者"，称苏联社会主义制度是"千百万人的劳动营"，"兵营式的官僚主义专政"，斯大林实行的是"法西斯主义"，斯大林是"吞噬千百万人生命的恶棍"，等等。全书对马克思的《共产党宣言》、马克思主义基本原理以及马克思主义的许多哲学范畴，如本质和现象、物质和精神、自由和必然等逐一提出质疑与批判，并提出了他自己新的看法和认识。此书俄文版于1994年在俄罗斯出版发行，也就是说是在苏联解体和苏共垮台以后不到三年的时间写出来的，自称是作者"多年来思考、怀疑、踌躇和苦恼的结果"。而且说他这些思想是从 1956 年苏共 20 大开始逐渐形成的。作者还在书中，对苏联历届领导人都作了否定或基本否定的评价：斯大林——"职业掘墓人"、"是受权力诱惑而败坏的典型"；赫鲁晓夫——"非同寻常的、带有悲剧性的双重意识的矛盾人物"；勃列日涅夫——"衰败时期历史上的一名闹剧丑角"；安德罗波夫——"狡猾阴险而经验丰富的人"；契尔年科——"苏联制度覆灭和生命力消亡的信号"。令人匪夷所思的是这样一位对苏联制度持全盘否定和对历届苏联领导人持基本否定态度的人，竟然能在他所憎恶的制度和他所厌恶的领导人面前（虽在勃列日涅夫时期曾一度遭贬）不断受到崇信，飞黄腾达，以至成为主管宣传、意识形态的中央政治局委员，登上了权力顶峰。材料显示，此人在 1963 年 30 岁的时候，就开始做党的工作，曾担任雅罗斯拉夫州苏共州党委中学和大学部部长，此后他的政治生涯基本上平步青云。在他的胸前还佩戴着显示苏联荣誉的多枚勋章，如十月革命勋章、劳动红旗勋章、卫国战争一级勋章、红星勋章，等等。徐葵同志在他的"译者的话"里，怀着凝重的心绪写道："也许有人会提出一个问题，这样一个人写的书，是否有价值予以译介，是否值得一读？我译后的感觉是，不但需要读，而且需要对书中涉

— 8 —

及的问题和提出的许多观点进行深入的研究。"又说：
"我想，对作者这个人和他代表的思潮在苏联出现这个
历史现象和社会现象，也是值得我们思考和研究的一个
问题。"我想这就是徐葵同志特别着力翻译此书的初衷，
他对此书不仅在语言句式和文辞修饰上下了一番功夫，
务求用地道的译文传达俄文的原意和作者写作的意境、
心境，而且为全书加了 48 个"译注"。最受瞩目的是，
徐葵同志将 1997 年 5 月 27 日俄罗斯《独立报》发表的
关于苏联"第一个站出来反对斯大林个人迷信的不是赫
鲁晓夫，而是马林科夫"的信息译载在为《一杯苦酒》
中文版写的"译者的话"这篇译序的注释里，说明这位
老专家、老学者的高度责任心和使命感。政权腐败和严
重的权力异化是导致苏联剧变的不争的结论，这也是导
致苏共垮台的根本性因素。我党十八大以来的反腐风暴
揭出了那么多权高位重的"大老虎"，而且这场风暴仍
在继续，足见国家权力的腐败和异化在许多部门与领域
中也已经到了触目惊心的地步。如何吸取苏联的教训，
从制度和体制上防止发生的政治权力腐败与异化的种种
历史现象和社会现象在中国重演，这无疑是摆在我国理
论工作者面前的一个重大课题。我想中央领导同志之所
以重视《一杯苦酒》这本书，用意就在这里。

　　本书中，还收入了徐葵同志为介绍中国学者有关苏
联、俄罗斯问题的几本著作写的四篇序言。其中，《苏

联概览》一书是由徐葵同志主编的，旨在中苏关系交恶20多年后向读者介绍苏联当前的现实情况，以增加读者对苏联情况的了解和促进两国人民之间的友谊。序言对全书的内容及写作目的作了简要介绍，指出我们需要客观地了解苏联各方面的真实情况。从徐葵同志为《过渡时期的俄罗斯社会》一书写的序言中，可看到一位年长的学者前辈对年轻同志的赏识与爱护，鼓励与帮助。同样的情怀也体现在徐葵同志为《贝利亚之谜》和《俄罗斯人的性格探秘》两本著作写的序言中，这几篇序言一如既往地体现了他的坦诚、客观和真直的风格。文集中收入这四本书的序言，当可有助于读者从更宽广的角度去了解苏联和俄罗斯的情况。

徐葵同志今年（2016 年）已是 89 岁高龄的耄耋老人，身体孱弱多病，仍在坚持工作。苏联剧变那年他已65 岁，在研究所里已退居二线，面对苏联剧变这一重大的历史性崭新课题，他作为我国苏联东欧问题研究界的一名老学者，感到自己责任的重大。他立即投入苏联剧变问题的研究，先与社科院副院长江流同志合编了《苏联剧变研究》（1994 年出版），后又与我国著名的外交家宫达非同志合编了《苏联剧变新探》（1998 年出版）。除此之外，徐葵同志就是高密度、高质量地主持翻译出版了上述这批译著。他殚精竭虑，默默奉献，恪守职业操守，维护学术尊严的精神令人赞叹。

苏联剧变看似已成历史，但剧变产生的影响远未消逝，剧变的性质、根源、后果、教训等这些根本性问题的探讨，远没有结束。"事业无穷年"。徐葵同志编集这本文集，其最大愿望还是期待读者继续关注苏联剧变问题，期望这本篇幅不太大的辑集了 27 篇序言的文集帮助读者增加对苏联剧变历史的了解，以苏联剧变的历史为鉴，更自觉地走中国特色的社会主义道路，更加珍惜我国在中国 30 多年的改革开放事业中吸取苏联亡党亡国的历史教训，在实现两个一百年的战略目标、中华民族伟大复兴的中国梦的进程中所取得的丰硕成果。

在辑集完这本文集后徐葵同志希望我写个序，对此我不敢应承。我的这管无力之笔实难满足他对我的信任，因此写了上述几点感想，借以聊表我对文集作者的敬佩。

谨此。

张 森

（中国社会科学院俄罗斯东欧中亚研究所研究员）

2015 年 8 月 15 日

前　言

在 20 世纪 80 年代至 21 世纪第一个 10 年的近 30 年时间中，苏联发生剧变，我国上至党和国家的高层领导，下至社会各界群众，以及学术界，特别是研究苏联问题的学术界，都迫切需要了解苏联的历史真相和苏联剧变的深层次原因。而这段时间中前苏联和其后的俄罗斯、独立的哈萨克斯坦和其他中亚共和国，以及美国与英国等西方国家的知名学者、新闻工作者、政治与社会活动家，都已著作和出版了许多有关这方面题材的回忆录、人物传记以及历史和政论问题等方面的图书。为此我抓紧时间阅读了我能找到的所有俄文与英文原著，把我读后觉得具有丰富材料和阅读价值的 20 多本原著，在我主持下组织我们研究所里的离退休同志出来发挥余热，把这批外文图书翻译成中文，推荐给新华出版社、世界知识出版社、人民出版社、东方出版社和民族出版社等予以出版。与我们合作的这些出版社在这段时间中总共出版了近 30 本译著。这批译著出版后受到了我们党与国家领导人的关注和广大读者的欢迎，也助推了学术界对苏联、俄罗斯和苏联解体后独立的东欧与中亚国家的研究，收到了相当好的社会效果。

我在主持这批译著的翻译工作时，自己也参与了翻译和校对，并在对每本原著作者的情况及其著作的具体内容做仔细研究的基础上，为每本译著的中文版各写一篇以"译者的话"、"校者的话"、"校后记"、"出版说明"等为题目的导读性的"译者序言"。这本文集中所编集的就是我为 23 本译著撰写的"译者序言"或"译序"的文稿及 4 本中文图书的序言。

上述这批译著中的大部分是被新华出版社收入《回顾与思考——苏联东欧问题译丛》中的。

我认为现在把我为这批译著写的 23 篇"译序"以及在那二三十年中先后为我国学者撰写的有关苏联和俄罗斯问题的四本著作写的序言编成一本译序和序言文集予以出版，是有可能收到一定的社会效益的，这是因为：

一、新华出版社当年出版的 22 本译著包括我撰写的 22 篇"译序"中有些曾受到中央领导同志的关注。

二、这批译著都是在 20 世纪 80—90 年代和 21 世纪初，也就是在二三十年前出版的。当时看过这些书籍的各部门与各地区的负责同志，现在大概都成了耄耋之年的老同志，他们对这批译著中提供的苏联历史资料和对苏联、俄罗斯的历史人物和历史事件的分析和评论，现在也许未必能记得很清楚。而对我国在苏联剧变后出生的一代年轻人来说。当时他们因为年幼，可能没有接触过这批译著，他们今天对苏联和俄罗斯那二三十年的历史很可能还缺乏了解，在当今这个发达的互联网信息时代，他们也许更忙于在互联网上搜阅自己感有兴趣的信息和材料，未必有时间和机会去寻找和阅读当初曾很吸引人们阅读的这批译著。

三、"译者序言"对原著作者的生平经历、思想观点和他们著作中论述的对苏联和俄罗斯历史上一些人物和事件的叙述和看法作了扼要的介绍。现在辑集的这本序言集，篇幅不大，读者不需要花多少时间就可把它看完。我相信，对过去阅读过那批译著的老同志来说，翻阅一下这本文集可有助于他们恢复对过去阅读过的那批译著中有关苏联历史真相的一些材料的记忆。而对青年同志来说，则可帮助他们扩大知识面，增加对苏联的历史、苏联和俄罗斯的改革和苏联解体的原因等问题的了解，有助于他们以苏联亡党亡国的历史为鉴，更自觉地在我国坚持走中国特色的社会主义道路，更加珍惜我们的党和国家在实现两个一百年的战略目标和实现中华民族伟大复兴的中国梦的进程中所取得的令世人瞩目的丰硕成果。

我很高兴的是，我向新华出版社提出这些想法后，就获得了新华出版社领导同志的赞同与支持，出版社很快就委派了一位责任编辑帮助审读和编辑这本文集，使这本书顺利问世。

为此，我要向新华出版社领导同志和承担为这本文集做编辑加工工作的责任编辑，向热情地支持我编集这本文集的原新华出版社的编审和苏联东欧方向图书定稿人孙维熙同志，向为这本文集撰写序言的张森同志表示我衷心的感谢。

徐葵

2016 年 2 月 26 日

对 1953－1985 年苏联历史的回顾与思考

——《苏联政治内幕——知情者的见证》中文版
"译者的话"

　　去年（1987 年），在研究勃列日涅夫执政时期这段苏联历史的过程中，我阅读了近几年俄罗斯出版的一批人物评传和回忆录等著作。其中有俄罗斯科学院美国和加拿大研究所所长阿尔巴托夫著作的回忆录《耽误了的痊愈（1953－1985 年）—— 当代人的见证》，由莫斯科出版社于 1991 年出版，里封上刊登的简介中说"作者叙述了他对斯大林去世到改革开始之前我国历史上这段复杂和重要时期的回忆和思考。在这段时期中，他从'近处'进行了观察，有时还参与了各项重要的政治事件，并直接为许多政治领导人做过工作。"这部回忆录对我研究勃列日涅夫这段时期提供了不少帮助。我觉

1

得，如能把这本书译成中文出版，可在不小程度上有助于我国读者增加对斯大林去世后苏联这段历史的了解。因此我建议新华出版社出版此书的中文版，这个建议得到了新华出版社领导的支持。

于是我们就与作者联系出版中文版事宜。作者对此欣然表示同意，并告诉我们，他已对他的回忆录的第一版（俄文版）作过修改，并已出了第二版（英文版），由美国兰登书屋于1993年出版发行，他还给我们提供了英文版本。作者希望中文版的译文按照英文版进行校核和补充。我们这个译本就是根据第一版俄文版翻译，再按第二版英文版校核和补充的。

对照这本回忆录的两个版本可以看出，两个版本的大部分内容是相同的，但也有不少不同之处。首先是书名不同。第二版英文版的书名为《制度——苏联政治中一位知情者的生活》。英文版用"制度"二字作为这本书的书名，意在帮助读者看到苏联人民从斯大林去世到苏联解体近四十年的时间中经历了哪些重大的政治事件，是怎样生活过来的，从而更好地了解什么是苏联的制度和俄罗斯用以替代这种制度的可能的前景。美国副国务卿斯特罗贝·塔尔伯特（此人原为美国苏联问题专家，曾任美国驻苏记者和美国最后一任驻苏大使）为英文版写了一篇相当长的前言，一开头就对英文版的书名提出了他的解释。他说，"现在苏联已不复存在，但是

2

有一个问题却仍然使人感到伤脑筋：这个跨越了 11 个时区、占有六分之一地球土地面积、毁灭或饿死了成千成百万公民，却又是把第一个人送上宇宙、赢得了一个超级大国称号、在 40 多年时间中使美国和世界上许多国家都十分关注的不寻常的政治大杂烩，实际上究竟是什么？回过头去看，苏联实际上从来不是一个有生存力的国家。它的 2 亿 8000 万人口讲着太多的各种语言，彼此有着太多的怨恨，都不喜欢把他们紧紧地捆绑在'全联盟'首都莫斯科的联系中。苏联实际上也不具有帝国的特征，尽管人们常常把它称为帝国，这样称它的最有名人物当属美国总统里根。俄罗斯通常被认为是这个帝国的宗主国，可是到头来俄罗斯也只是这个各族人民的监狱中又一个不满的囚徒而已，当监狱大门被打开时，它也要求走出这个监狱而成为又一个独立的国家。如果苏联既不是一个国家，又不是一个帝国，那么它又是什么呢？我想，最好的名称就是阿尔巴托夫用作他的书名的那个词，即苏联是一种制度，而根据我的辞典，制度的意义就是'由许多从属于一个共同计划或服务于一个共同目的不同部分组成的一个复杂的统一体'"。

其次，如果把第二版同第一版相比，就可发现两个版本在结构上也有较大的改动。首先，第一版只写到 1985 年为止，第二版则写到苏联解体之后，还增加了一个很长的跋——"改革及其以后"。作者在跋中对戈

3

尔巴乔夫和叶利钦也提出了自己的一些看法和评论。另外，作者把此书的章目也作了调整。第一版共有九章，第二版扩展为十章，增加了第二章"我的家庭、我的青年和战争年代"和第十章"研究所：我们如何'发现'了美国"。这两部分原来在第一版中都收录在附录中，作为供有兴趣的读者参阅的材料。第一版中原来单独有"关于那个时期的几个领袖人物"一章，即第九章，第二版中这部分内容不单独设章，而合并到第九章"停滞年代"中。这样调整之后，全书章目比第一版显得更加前后连贯和完整了。

　　第三，作者在第二版中对苏联当年某些政治事件和人物的评价也有修改之处，看来这反映了作者在1985年后对苏联那段历史中的一些人和事的看法在思想认识上的发展。但第二版英文版中在有些地方把俄文版中原有的、有关反映苏联当年围绕某些政治事件而进行的思想理论和政策上的争论的比较详细的材料和叙述，作了压缩或精简。这也许是出于考虑美国一般读者对这些细节不一定有太大兴趣的缘故。可是在我们看来，这些材料对中国读者了解苏联来说却是很有用的，也是中国读者会感兴趣的，因此我们在中译本中仍予保留。第一版俄文版的附录中还有两节，一节题名《军方是如何"整"我的》，另一节题名《跟随库西宁所做的工作》。在第二版英文版中，前一节内容被融入第七章，后一节则被删节。这一节内容主要是介绍库西宁如何看待共产国际的统一战线策略、暴力革命、无产阶级专政和社会主义民主等问题的思想观点。我们觉得，这些材料我国读者是会有兴趣的，所以我们仍把这一节作为附录保留。

至于书名，我们感到，第一版俄文版的书名有些过时，第二版英文版的书名令我国读者费解。因此我们另起了一个书名：《苏联政治内幕——知情者的见证》，符合本书内容且容易为我国读者理解。

我还想说明一下出版这本书中文版的几点想法。

我首先考虑的是作者本人的情况。格·阿尔巴托夫出生于 1923 年，是苏联 20 年代出生的那一代人的一个代表人物。他父亲是犹太族人，因而他有一半犹太血统，这种血统关系使他在苏联的社会政治生活中有不少特殊的遭遇和感受。他年轻时参加了卫国战争，战后，他上了大学，大学毕业后在外文出版社、《哲学问题》和《新时代》杂志社当过编辑，后来又到苏共中央机关工作多年，曾为苏联领导人库西宁、赫鲁晓夫、安德罗波夫、勃列日涅夫、戈尔巴乔夫，后来又为俄罗斯领导人叶利钦工作过，曾参与苏共中央一些重要文件和苏联领导人的重要讲话的起草工作。从 60 年代后期起，他的主要工作岗位是在苏联科学院，是苏联科学院院士，他创建了苏联科学院美国和加拿大研究所，并长期担任该研究所所长。他曾是苏共中央委员和苏联最高苏维埃代表。他既是一名学者，又是一名政治活动家。他的国外阅历也比较广，小时候就到过德国，目睹了希特勒上台时德国的情景，60年代以后同美国和西欧各国有很多交往。因为是学者，所以他比较强调尊重事实和科学，对很多问题有他自己的看法；因为是政治活动家，所以他比较接近领导层，从近处观察到了很多事情，堪称是一位"知情者"。这样一个人物对他所处的时代和他的几十年经历进行的回顾和反思，反映了苏联相当大一部分知识分子的思想，无疑具有一定的代表性。

看过本书后感觉到，作者对这部回忆录的写作态度是严肃和认真的。他从1987年开始写作，曾经数易其稿，到1990年才完稿。他认为，他这一代人应根据自己的阅历把后斯大林时期的详细历史写下来，要趁这段重要和复杂的历史时期的许多事件的见证人和目击者还活着的时候，让他们把话说出来，尤其是那些曾以某种方式参与了这些事件的人，以便总结历史经验。这就是促使作者写这本书的主要动机。从书中也可以看出，作者对许多事件和问题的叙述和评论是坦率和敞开的。

其次我考虑的是本书包含的材料和内容。我觉得本书的材料很丰富。书中讲到的很多事情和内幕，是我们中国读者，包括许多苏联问题研究工作者在内，所不知道或不清楚的。从内容上看，本书有两个特点。一是时间跨度大。一般回忆录往往只写某段时期和某些事件，而这本回忆录几乎涵盖了作者所经历的苏联整个后斯大林时期，从1953年斯大林逝世开始，一直写到90年代上半期的叶利钦时期。甚至通过对作者本人的家庭和父亲的叙述还涉及了斯大林时期，特别是30年代的镇压运动和战后初期的思想政治运动。

二是涉及的问题和范围十分广泛，几乎讲到了斯大林逝世后苏联几十年中所发生的所有重大事件，从政治到经济，从内政到外交，从文化艺术到社会思想，从自然科学到社会科学都涉及了。作者把斯大林时期的苏联社会看作是一个严重病态的社会，斯大林逝世后的几十年应该是苏联从病态中痊愈过来，恢复社会正常生活的一个过程，但是由于革新和保守两种思想和力量的曲折和复杂的斗争和其他种种原因，这个痊愈过程被耽误和延迟了。这是本书的一条主线。围绕这条主线，作者对许多人和事进行了分析和评论，尤其是对赫鲁晓夫、勃列日涅夫、安德罗波夫等领袖人物，作者根据自己同他们的接触和从近处进行的观察，作了相当详细的分析和评论。在第二版中，作者还补充了他对戈尔巴乔夫和叶利钦的一些观察和分析，还对盖达尔所推行的"休克疗法"提出了否定的看法。由于作者的本职工作是社会科学研究，所以他对苏联这几十年中的学术思潮和学术领域方面的思想斗争和发展变化作了比较详细的叙述。又由于作者从事的主要是国际问题研究，所以书中对苏联对外关系的论述也占有相当大的篇幅，其中包括苏中关系、苏美关系、苏联同东欧国家关系、苏联的缓和政策和裁军政策等。

　　书中第三章《中国吹来的风》是讲 60 年代初中苏两党的论战的。阿尔巴托夫作为苏共代表团的顾问参加了 1963 年在莫斯科举行的中苏两党会谈，而且是当时苏联中央发表的告苏共党员公开信的起草人之一。关于中苏两党的这场论战，邓小平同志在他的有名的题为《结束过去，开辟未来》的讲话中，已作了深刻的总结。他说，"从 1957 年第一次莫斯科会谈，到 60 年代前半期，中苏两党展开了激烈的论战……经过二十多年的实践，回过头来看，双方都讲了许多空话。马克思去世后一百多年，究竟发生了什么变化，在变化的条件下，如何认识和发展马克思主义，没有搞清楚。"在提到双方在意识形态问题上的争论时，他还说，"这方面现在我们也不认为自己当时说的都是对的。"（见《邓小平文选》第三卷，第 291、294 页）邓小平同志对中苏两党的这场论战所作的这个原则性总结无疑是完全正确的。有了这个原则性总结作指导，我国学者自然还需要对这段两党两国关系的历史进行深入的具体的总结，以便吸取正确的教训，推进中俄两国面向 21 世纪的平等信任的战略协作伙伴关系和两国的长期睦邻友好关系。而为了研究这段历史，了解苏方当时在论战中的观点和他们对论战的看法，这对我们也是很需要的。有趣的是，阿尔巴托夫在《中国吹来的风》这一章中告诉我们，中方当时反对苏共 20 大路线的立场，客观上倒有助于苏共中坚持 20 大路线的人加强他们在苏联的立场和地位，使他们在当时的复杂处境中借到了反击保守派的东风。这一点大概是我们当时进行论战时所始料不及的，现在读来对我们还好像是一条新闻。

我考虑推荐这本书的第三个出发点，是我们深入研究苏联历史和苏联与俄罗斯问题的需要。由于种种原因，应该承认，我们过去对苏联历史事实和历史情况的了解和掌握是相当不全面的，具有很大的局限性。这对我们研究苏联历史和深入而正确地总结苏联的历史经验教训带来不小的困难。不充分掌握可靠的事实材料，不弄清许多被歪曲了的历史真相，要想科学地、实事求是地分析和总结苏联的历史经验和教训，那是很困难的。这些年俄罗斯出版了许多档案材料、回忆录和人物评传等图书，为我们提供了很多有用的研究材料。我国各出版社几年来已翻译出版了一部分，这是十分可喜的。但是还有很多有价值的图书材料我们还没有翻译过来。我觉得，我们应该尽可能多翻译出版一些这方面的图书材料。虽然现在俄罗斯的学者和作者不论在历史和现实问题上观点都很不一致，争论也很多，但只要他们的著作在探讨问题时态度严肃，并有丰富的材料，总可增加我们对苏联和俄罗斯的了解，而且对我们来说对比不同的观点也可更有助于作出比较全面的评价。包括对本书作者阿尔巴托夫，俄罗斯学者中对他和他的观点的评价也并不是完全一致的。我相信，他在这本书中提供的大量材料会有助于我们增加对苏联当代历史的了解，至于他的许多思想观点，我国读者也会在阅读之后作出自己的判断和评价。

最后，我想说明的是，参加本书翻译的都是长期从事苏联问题研究和翻译工作的离退休老同志，他们愿意发挥自己的余热，为苏联和俄罗斯研究继续作出自己力所能及的一些贡献。他们和他们在本书翻译中的分工是：徐葵（第一、第三章和跋）、张达楠（第四、五章）、王器（第九章中关于勃列日涅夫和安德罗波夫部分）、梅沙（第九章）、韩维（第六章）、李禄（第二、第八章）、林野（第七章的大部分）、徐肇儒（第七章的一部分和附录）。本书最初按第一版从俄文译出，由张达楠通校；最后由徐葵核对俄、英文（第二版）两个版本，进行通校和增补。我们对新华出版社副社长、副总编辑张首弟和资深记者、编审孙维熙等同志对我们翻译工作的支持表示衷心的感谢。本书因翻译时间比较匆促，错误在所难免，尚祈读者帮助指正。

（此文完稿于 1998 年 6 月 18 日，此书中文版由新华出版社于 1998 年 10 月出版）

对俄罗斯的布尔什维主义与改革的评论

——《一杯苦酒》中文版"译者的话"

　　我参加了本书部分翻译和全书最后的译文校对。在译校过程中接触到书中讲到的许多苏联历史上的事件和作者对这些事件提出的看法，有时不免引起我对我们的苏联研究工作和对本书的一些思考和想法。我想简要写出来，供读者参考。

　　本书俄文版于 1994 年出版。1998 年作者又对原书作了不少修改，特别是在第四编中增加了很多新的内容。这本中文版就是根据修改稿翻译而成的。作者说他这本书是他"多年来思考、怀疑、踌躇和苦恼的结果"。看来，他把书名叫作《一杯苦酒》，意在表明他回顾苏联的历史犹如在品味一杯苦酒。

我是几年前知道这本书的。大约是在 1997 年年中，50 年代初我就认识的一位俄罗斯老朋友杰柳辛来北京开会。他当年是苏联《共青团真理报》驻北京记者，后来又长期任苏联《真理报》驻北京记者，回国后在苏联科学院东方研究所工作，中苏关系恶化时他因主张苏联应同中国友好而受到过一些指责。在交谈中我问他，现在俄罗斯出了很多回忆录，你认为哪几本材料和内容较丰富，值得一读。他推荐了几本，其中就包括雅科夫列夫的这本书。

雅科夫列夫的这本书在一定意义上是一部回忆录，但在更大程度上可以说是一部学术性著作。作者从历史、哲学、政治、经济、文明、道德等方面回顾了苏联的历史和苏联的改革，探讨了欧洲文明的发展过程和世界当前面临的许多全球性问题。雅科夫列夫其人对我们中国人大概并不陌生。在戈尔巴乔夫执政时，他是苏共主要领导人之一，曾是戈尔巴乔夫的左右手，也是利加乔夫的对立面。他在这本书中明确表明他反对苏联的布尔什维主义，主张社会民主主义。也许有人会提出一个问题：这样一个人写的书，是否有价值予以译介，是否值得一读？我译校完后的感觉是，不但需要读，而且需要对书中涉及的很多问题和提出的许多观点进行深入的研究。

首先，我觉得为了进一步弄清戈尔巴乔夫改革的详细过程和研究苏联剧变的深层次原因，就需要读这本书。这几年俄罗斯出版了不少当年苏共中央政治局委员和其他一些高级领导人的回忆录。我认为我们在研究苏联改革和剧变问题时，这些书都需要看。我国已翻译出版了利加乔夫的《戈尔巴乔夫之谜》、雷日科夫的《大动荡的十年》、博尔金的《戈尔巴乔夫沉浮录》等书，这些书对我们了解和研究苏联当时的情况都很有用。可是苏联这场改革的主角戈尔巴乔夫本人的回忆录《生活和改革》一书尚无中文译本。雅科夫列夫也是这场改革中的一个重要角色，他在书中披露了别人的书中没有涉及的一些事，例如1987年年中，苏共中央全会上发生的叶利钦提出辞职事件之前，在苏共中央政治局一次会议上叶利钦同其他政治局委员间就已经产生意见分歧和争论的事实。当时在苏共中央政治局中存在着两派。雅科夫列夫等人的立场、观点是同利加乔夫等人不同的。如果只知道其中一部分人提供的事实和观点，而不知道另一部分人提供的事实和观点，是很难弄清楚苏联这场复杂改革过程的，因而也就很难对之作出有充分根据的分析和判断。这是我认为我们需要阅读这本书的第一个原因。当然，正如有的俄罗斯回忆录作者所说的，回忆录作者往往"面临着两个诱惑：一是算老账；二是在事后把自己写得比当时更聪明、诚实和勇敢"。本书作者是否受到这两个诱惑，这需要读者在阅读时加以鉴别。

其次，作者在书中就有关法国大革命、马克思主义、欧洲文明的历史发展、俄国的二月革命和十月革命、苏联走过的道路、斯大林主义、布尔什维主义、苏联改革的教训、俄罗斯该走什么道路、当今世界面临的种种挑战等问题提出了自己一系列的议论和看法。不管你是反对，还是同意，或部分同意作者的观点，我觉得这些问题和观点还是需要我们认真加以探讨和研究的，而且要对这些问题作出符合历史实际和时代精神的、科学的、有说服力的回答也并不是轻而易举的事。且不论本书作者的思想理论本身如何，仅就作者的思想理论体系对这些问题展开的论述来看，可以说本书有它相当的广度和深度。

　　再其次，我想，对作者这个人和他所代表的思潮在苏联的出现这个历史现象和社会现象，也是很值得我们思考和研究的一个问题。雅科夫列夫出身于苏联农村的劳动家庭，参加过卫国战争，战后在大学历史系毕业。他在苏共各级职务阶梯上从基层党组织书记逐级上升到苏共中央宣传部代部长，后来当了 10 年驻加拿大大使，戈尔巴乔夫改革期间上升到苏共中央政治局委员。这样一个人为什么会同布尔什维主义、斯大林主义决裂，而转向社会民主主义。而且在苏联像他这样发生思想演变的人不能说是个别的，他不过是其中一个突出的代表人物。为什么在苏共执政下，雅科夫列夫等人会对苏联社会和党内生活在开始时感到困惑和怀疑，后来又感到失望，最后成为苏联这个制度的反对者？对这些历史现象和社会现象难道不值得我们很好研究吗？我是完全相信毛泽东在苏共 20 大后对当年斯大林严重破坏法制的错误的评论的。他说"斯大林严重破坏社会主义法制这样的事件在英、法、美这样的西方国家不可能发生"[①]。最近我还看到一篇文章提到胡乔木讲述毛主席当年的心情说："苏联揭露的斯大林的统治，其黑暗不下于历史上任何最专制暴虐的统治。毛主席日思夜想就想走出一条比苏联好的路子来。"[②] 究竟斯大林的这种统治在那个年代在苏联老百姓，尤其是在思想比较敏感的青年的心中产生过什么影响？从雅科夫列夫对自己战后经历的叙述中，似乎也可对这个问题找到一点回答。

应该承认，我们对苏联不少历史问题和事件还不是弄得很清楚的。有些事我们似乎已清楚了，但这几年随着一些历史档案的发表和历史真相的澄清，我们认为已经清楚的问题，又得重新去研究。比如，苏联何时开始揭露斯大林个人迷信这个问题，我们过去一直认为是赫鲁晓夫开的头。可是现在有确凿的材料说明，斯大林逝世后第一个提出要反对斯大林个人迷信的竟是马林科

---

① 见《邓小平文选》第 2 卷第 333 页。

② 转引自李慎之著《毛主席是什么时候决定引蛇出洞的?》，见《作家文摘》1999 年 1 月 12 日第 312 期。

夫，而不是赫鲁晓夫。^① 所以，只有多方收集材料和广泛阅读各家的著作，包括雅科夫列夫这样的著作，我们才能进一步增加我们对苏联历史的了解，使自己的研究更加深入下去。

以上是这本书的译校工作所引起的我的一些感想。至于对这本书本身，我还想说，这是一本就俄文来说也是较难读，因而也是较难译的一本书。作者喜欢使用文学的笔调、生僻的字眼和独特的表达方式，并引用诗文和典故。从本书的目录看，有不少章也不易一眼就能望文生义知道它要讲什么，只有看了正文才能知道题目的含义。所以我想在这里先把本书的主要内容作简要介

---

① 见 1997 年 5 月 27 日（俄）《独立报》刊登的俄科学院历史研究所高级研究员、历史学博士 IO，H. 朱可夫的文章：《悄悄的非斯大林化——反个人迷信的斗争是在 1953 年 3 月开始的》。文中引用档案材料说明，从斯大林 1953 年 3 月 5 日去世后到同年 9 月 7 日赫鲁晓夫任苏共中央第一书记之前这段时间中，马林科夫主持苏共中央主席团工作。他从 3 月 19 日就开始反个人迷信。他提议 4 月召开苏共中央非例行全会，专门讨论个人迷信问题，并起草了反个人迷信的讲话稿和决议草案。但因莫洛托夫、卡冈诺维奇等多数主席团委员（其中包括赫鲁晓夫）的反对，这次全会未开成。6 月发生了贝利亚事件。7 月 2 — 7 日召开了讨论贝利亚问题的中央全会，马林科夫在总结发言中除讲贝利亚问题外最后又着重讲了反个人迷信问题。全会的决议中也提到个人迷信问题。但由于许多中央委员的坚持，会后发表的全会公报对个人迷信只字未提，马林科夫的讲话和全会决议成了秘密档案，直到 1992 年才公开。文章说 9 月赫鲁晓夫担任苏共中央第一书记和苏斯洛夫主管宣传工作后，苏联报刊上又开始宣传斯大林。

绍，也许可为读者提供一些方便：

第一编《从源头谈起》，先叙述了作者本人的经历，苏共 20 大对他的影响，对赫鲁晓夫的分析评价，一直讲到戈尔巴乔夫的改革。然后在第一编第二章《先驱者》中，转而论述法国大革命及其领袖人物，以及法国大革命的先驱者们对马克思、恩格斯等的影响。其后三章议论的是哲学问题。作者对矛盾论、物质和精神、本质和现象、基础和上层建筑等马克思主义的哲学原理提出了他的质疑和看法。

第二编《布尔什维主义》，是对苏联历史的评论。从 1917 年二月革命讲起，论述二月革命的教训未被记取，直到今天俄罗斯还要完成二月革命提出的许多任务。接着论述了十月革命，分析了布尔什维主义产生的历史原因、它同封建主义和官僚主义专政的关系、其思想特征教条主义在俄国土壤上产生的历史根源。第八章《墓地十字架的种植者》，题目十分怪僻，讲的是斯大林执政时进行的大清洗、大镇压，列举了大量材料，叙述了莫洛托夫等（包括赫鲁晓夫在内）在大镇压中所起的坏作用，也叙述了朱可夫对几百万回国后被当作劳改犯对待的被德军俘虏的苏军战俘的平反所起的作用。第九章论述了勃列日涅夫时期的苏联持不同政见运动。第十章论述了斯大林对冷战的产生应负的责任，其中提到 1949 年毛泽东访问莫斯科时斯大林对毛泽东的态度。

第三编论述了戈尔巴乔夫改革的来龙去脉。收录了作者本人在改革初期向戈尔巴乔夫提交的进行全面改革的政策建议。分析了苏共提出加速战略的历史原因。叙述了苏共领导层内部分歧的出现和发展。论述了苏联的政权和权力的体现形式——党机关、经济机关和暴力机关的三头执政结构在苏联历史上的作用及其与 1991 年 8 月 19 日事变的关系。作者还对列宁、斯大林到契尔年科六位苏联领导人作出了他的评价。作者在第十二章中还分析了苏联改革的困难、它的失败原因和教训，以及戈尔巴乔夫的失误。最后在第十三章中论述了苏联解体后俄罗斯的改革，承认对民主和市场经济有过浪漫主义的幻想；在这一章里讲的《七个"非"》中，还提出了他认为俄罗斯改革和俄罗斯的社会改造应实现的七个目标。

　　第四编对 20 世纪世界曾出现的两种制度的对抗和冷战进行了反思，认为俄罗斯要走的是不以社会主义和资本主义的二分法划分的"第三条道路"，并论述了当前世界向人类提出的挑战，从分析几个世纪以来欧洲文明的发展过程出发，提出了冷战后的世界应向何处去的问题。

　　在这里我还要强调一下我个人认为需要译介《一杯苦酒》这本书的一个基本出发点：在当今信息化和全球化趋势日益发展的世界上，我们需要了解和研究世界各国各种学派和思潮，而不能对之不闻不问，我们应该对各种学派和思潮提出的问题作出我们自己的判断，对当今世界在各方面向我们提出的挑战作出我们自己的回答。我们有邓小平理论和十五大的精神作为指导思想，我们又有 20 年改革开放的实践经验，这是我们的优势所在。对雅科夫列夫在他的书中提出的一系列观点，读者无疑会作出自己的分析和判断。

最后，我要说明一下我们四个译者所做的工作。徐葵（中国社科院东欧中亚研究所研究员）翻译了本书的第一编，王器（同上单位研究员）翻译了第二编，张达楠（同上单位译审）翻译了第三编、作者写的序言和附录中的作者生平，徐志文（同上单位副研究员）翻译了第四编。张达楠对全部译文作了第一遍通校，徐葵作了第二遍通校。还要说明的是，作者在原稿中没有任何注释，为了读者阅读的方便，我们尽可能给书中讲到的一些人和事作了一些译注。但是不论在译文中还是在译注中错误在所难免，尚祈读者给予指正。

（此文完稿于 1999 年 1 月，此书中文版由新华出版社于 1999 年 8 月出版）

俄罗斯知名历史学家说：
俄罗斯应走民主社会主义道路

——《俄罗斯往何处去：在俄罗斯能搞资本主义吗?》
中文版"译者的话"

  自苏联解体，俄罗斯作为一个独立国家和苏联的合法继承国出现在世界舞台上以来已经过了快八个年头了。八年来俄罗斯形势的发展和变化，一直吸引着我国广大人士极大的关注。但是这些年来俄罗斯国内事件的变化总是非常突然，政坛上人物的变化又极其迅速，以致俄罗斯的"不可预测性"成了国际舆论经常议论的话题。在这种情况下，同俄罗斯人民有着深厚传统友谊的我国人民既对当前面临巨大困难的俄罗斯人民寄予同情和希望，又对俄罗斯局势的动荡和变化感到扑朔迷离，变幻莫测。几年来，大家在心中或多或少地都积累了一些问题，希望能够得到解答，例如，为什么苏联的解体会如此容易而且当时竟没有群众起来维护这个已有 74 年历史的国家？为什么以叶利钦为首的俄民主派上台执政后不到一年就会爆发炮打俄政府所在地白宫和驱散俄罗斯议会的事件？为什么俄罗斯的经济改革会付出如此巨大的代价，国民经济会下降得比在二次大战中还厉害？为什么俄罗斯人民对生活的困难和经济的下降能表现出如此巨大的忍耐？俄罗斯今后的走向如何？……我们在阅读和翻译罗伊·麦德维杰夫著作的这本书时，觉得它的主要价值就在于书中对我们几年来心中积累和希望得到解答的一些问题提供了某些答案，或者至少为我们提供了就这些问题进一步寻找答案的许多材料和线索。基于这一点，我们认为这本书对我们了解和研究今日俄罗斯具有很大的现实意义和参考价值，并相信这本书中文版的出版将会引起我国读者的巨大兴趣。

我觉得在这里首先向读者介绍一下作者其人和本书的大致思路、结构以及对一些问题的基本观点，也许这可为读者提供阅读本书的一些方便。为了达到第一个目的，我们曾在翻译本书过程中同作者联系，希望他给我国读者写一份关于他本人的介绍材料。可是作者没有满足我们的要求。他谦逊地回答说，他写了不少苏联领导人的评传，但关于他自己没有什么可写的，所以他不想写。这样我们就不得不自己来介绍了，虽然我们知道我们的介绍很可能有不准确和不全面之处。

我们知道，罗伊·麦德维杰夫是俄罗斯著名的历史学家和传记与政论作家。他1924年11月14日出生于格鲁吉亚的首府第比利斯。他的父亲曾经是苏联红军一个师的政委，参加过国内战争；在国内战争后成为苏联工农红军政治学院的一名教员。1938年在"大清洗"中被捕，1941年死于监禁地——北极圈内的科累马矿区集中营。他死后很久，一直到苏共20大后才得到平反，并被恢复了名誉。罗伊·麦德维杰夫有一个孪生哥哥，名叫若列斯·麦德维杰夫。这对孪生兄弟由于幼年失去了父亲，是在他们母亲一个人的辛勤抚养下长大的。罗伊·麦德维杰夫因家境贫困，当时按苏联为不能正常上学的学生制定的校外考生制，通过自学考试才从中学毕了业。那时正值卫国战争年代。所以他19岁从中学毕业后，即于1943年2月应征参军，在外高加索战线的部队中服役至1945年。战后，他上了大学，1946－1951年在列宁格勒大学哲学系学习。大学毕业后到农村做教育工作，1951－1957年做过乡村学校的历史教员和校长。他于1956年加入苏联共产党。父亲蒙受迫害的遭遇和童年时代过的艰苦生活，这些经历使罗伊和若列斯兄弟俩在年轻时就对当时苏联社会政治生活中的一些不正常现象十分敏感和关注。苏共20大揭露斯大林个人迷信后，罗伊·麦德维杰夫开始研究斯大林问题，并在苏共22大以后动手写作关于斯大林问题的著作。他就此问题收集了大量材料，进行了大量研究，把弄清这个问题当作自己生活中的一项主要任务。他差不多花了 10 年时间写成了后来定名为《让历史来审判——斯大林主义的起源及其后果》的专著。他在这本书的前言中说明了他写这部著作的动机。他说，"这不仅是为了纪念已经去世的人们，而且也是为了使社会主义思想和实践不被歪曲。我们应该了解全部真实情况，不仅是为了防止那已被党抛弃了的专横再度出现。而且是因为如果不研究和不重新评价我们的过去，我们就不可能朝着我们需要的方向前进。"他还指出，"如果马列主义不仅不能叙述，而且也不能解释清楚社会主义国家在一定发展阶段曾出现和正在出现的引起国家和党的机构的蜕化变质和官僚化，有时还产生个人迷信和发生全国范围内的专横和滥用职权这样一些极为反常的错综复杂的政治、经济和社会现象的话，那么马列主义再也不能成为社会科学的理论，不能作为现代科学理论而存在。真正的马克思列宁主义者应对现代社会主义社会形态的优点和缺点都进行科学的分析，而且在进行这项工作时应该如同共产党人对待所有社会主义前的社会形态一样，抱有同样的科学与认真的态度和胆略。"今天来看，作者在 25 年前（1974 年）提出的这些见解，经过了这段历史的检验，已被证明是正确的，无可指责的。可是，在当时苏联的政治条件下，他这样做却是犯了大禁。其结果就是作者因写这本书而于 1969 年被开除出苏共。与此同时，他和他的哥哥若列斯都被划为"持不同政见者"而受到了种种迫害。罗伊·麦德维杰夫在那个年代经常受到克格勃的跟踪和搜查，若列斯·麦德维杰夫则先于 1970 年被送进精神病院，后于 1973 年在出国去英国访问时被苏联当局吊销了护照，不能回国，从此就不得不侨居国外。

在我国，最早知道罗伊·麦德维杰夫的名字大概是在"文化大革命"中的 60 年代末和 70 年代初。当时为了研究苏联国内人民群众同"苏修领导"的"阶级斗争动向"，在我国也注意到了苏联的"持不同政见者"运动。这时罗伊·麦德维杰夫的名字就开始映入我们的眼帘。我们知道了麦德维杰夫兄弟是苏联持不同政见运动的一个派别的代表。西方称麦德维杰夫这一派为"新马克思主义者"或"马克思主义的一个学派"；苏联国内的其他持不同政见者则称他们为"社会主义派"或"党内民主派"，说他们赞成马列主义，但反对斯大林主义，号召实行"社会主义民主"。

罗伊·麦德维杰夫大学毕业在农村做了一段时间的教员后，从 1957 到 1971 年曾先在苏联教育出版社，后在教育科学院工作，他是教育科学副博士。从 1971 年起，他作为一个自由学术研究者，撰写了许多关于历史、教育学、心理学、文学和哲学的书籍和论文。他著作甚丰，是 30 多部俄语著作的作者，其中许多著作被译成 14 种外国语言，在 20 多个国家中出版。但罗伊·麦德维杰夫的政治命运一直到 1985 年戈尔巴乔夫在苏联上台执政后才开始得到转变。1989 年他的苏共党籍被恢复。同年他当选为苏共中央委员和苏联人民代表大会代表，并担任上述职务一直到 1991 年苏联解体。苏联解体后，他参加了俄罗斯联邦社会主义劳动人民党，是该党两主席之一。

我国在"文化大革命"后，从 70 年代末和 80 年代初开始，翻译出版了罗伊·麦德维杰夫的不少著作。根据我们的很可能是不完全的了解，以出版时间的先后为序，在我国大致已出版了他近 10 本著作的中文版。它们是：《让历史来审判》，人民出版社 1981 年版；《赫鲁晓夫的执政年代》，吉林人民出版社 1981 年版；《论社会主义民主》，商务印书馆 1982 年版；《政治日记》，山东人民出版社 1983 年版；《论苏联的持不同政见者——与意大利记者皮尔罗·奥斯特林诺的谈话》，群众出版社 1984 年版；《斯大林周围的人——六位苏联政治领导人的政治传记》，北京出版社 1986 年版，此书中讲的六位领导人是指伏罗希洛夫、米高扬、苏斯洛夫、莫洛托夫、卡冈诺维奇和马林科夫；《布哈林的最后岁月》，世界知识出版社 1988 年版；《斯大林和斯大林主义》，中国社会科学出版社 1989 年版；《赫鲁晓夫政治生涯》，社会科学文献出版社 1991 年版。此外，在我国还出版了若列斯·麦德维杰夫的几本著作，如《苏联的科学》，科学出版社 1981 年版；《戈尔巴乔夫传》，有两个版本，即华夏出版社 1987 年版和世界知识出版社 1988 年版。

当然，罗伊·麦德维杰夫还有一些著作，特别是 80 年代后期和 90 年代的，尚无中文译本。例如《赫鲁晓夫——政治传记》、《时代和个人——勃列日涅夫政治传记》、《来自卢比扬卡的总书记——安德罗波夫政治传记》、《1917 年俄国革命：布尔什维克的胜利和失败》、《纪念 1917 年俄国革命 80 周年》等。关于苏联解体后俄罗斯的政治和经济局势，罗伊·麦德维杰夫写过不少文章，有的已译成中文，散见在我国的报刊上。至于对 90 年代俄罗斯局势的发展变化的系统叙述和评论，本书可能还是作者在这方面的第一本著作。

下面我就转到有关《在俄罗斯能搞资本主义行吗?》这本著作本身的话题上来。这本书的俄文原著于 1998 年由俄罗斯人权出版社出版，在西方国家例如日本已出了日文版。本书在写作时侧重覆盖的时间范围是 90 年代上半期。作者经过 5 年的观察研究，力图对俄罗斯从 1991 年秋到 1995 年底发生的大量事件勾画出一幅比较完整的图画，并从社会政治角度对之进行比较系统和全面的分析。为了进行这种分析，作者也联系到 1996—1997 年或 80 年代末的材料和文献。1998 年出版的俄文原著写到第四章为止，内容截至 1997 年。作者为中文版专门增写了第五章，把涵盖时间延伸到了 1998 年。

罗伊·麦德维杰夫在苏联时期就主张实行社会主义民主或民主的社会主义，今天他仍然主张实行民主社会主义。他在这一点上是前后一贯的。贯穿他这本书的基本思路是，在俄罗斯搞资本主义是行不通的，盖达尔和丘拜斯等在俄罗斯搞的资本主义试验已经失败，俄罗斯必须变革，根据俄罗斯的历史传统和自身特点，俄罗斯必须走社会民主主义的道路，搞面向社会的市场经济。

全书分五章展开，各章的中心内容大致如下：

在第一章中，作者根据戈尔巴乔夫改革失败，俄罗斯新的政治力量上台后人们对俄罗斯搞什么主义问题的议论，提出了他本人总的看法。他认为对苏联原来的社会和经济必须进行根本性的改革。但是企图在俄罗斯建立资产阶级社会，在过去 70 多年中形成的苏联社会中确立大规模的资本主义生产关系，那是注定要失败的幻想。作为论证，他从俄罗斯的特征、人民的历史文化传统、国际关系等方面概括出了不允许俄罗斯走发展资本主义道路的十大障碍。

第二章占用的篇幅最大，几近全书的三分之一。可以说，这一章构成了全书的事实材料基础。作者把 1991 年秋到 1995 年底俄罗斯所发生的所有重大事件都集中在这一章中加以叙述，勾画出了这五年中俄罗斯十分错综复杂的历史画面。涉及这段时间中俄罗斯政权的变化、政府的更迭、"休克疗法"的出台和失败、1993年10月叶利钦总统命令军队炮打俄罗斯政府和议会所在的大楼"白宫"的事件、第一届俄罗斯国家杜马的选举和俄罗斯新宪法的颁布、"人民私有化"的内容及其后果、经济的急剧下滑和社会犯罪率的急剧扩大化等重大事件和问题。这五年中俄罗斯各种事件层出不穷，政坛上人物走马灯似地迅速变换，局势难以捉摸。作者用大量事实材料并根据自己的亲身观察梳理了这些事件的来龙去脉，并对许多登场人物的背景作了详细的介绍。而且还对执政70多年的苏共垮台时为什么没有群众出来维护这个政权的所谓"千古之谜"等问题作了剖析。

在第三章中作者对俄罗斯社会中出现的新阶级作了介绍和分析，指出俄罗斯改革家企图迅速造就新的有产者阶级的试验并未成功。他具体叙述和分析了这段时间中俄罗斯的暴发户"新俄罗斯人"是如何暴发起来的，并介绍了这些暴发户的生活方式。作者也介绍了这段时间中出现的一些真正致力于发展经济的企业家，认为对国家来说这些企业家是俄罗斯企业界中最重要的部分。

第四章写1996至1997年俄罗斯的经济和政治状况，叙述了1996年国家杜马选举和总统选举，联系到苏联历史上国家领导人的健康状况同各个时期国家政治状况的关系等问题，分析了俄罗斯人民尽管对现状不满，但一直缄默不语，表现出巨大忍耐性的原因。作者认为，形势在变，人民的忍耐总会有一定的限度，俄罗斯的变革是不可避免的。关键是向哪里变。作者介绍了"俄罗斯争取新社会主义"运动的诞生，指出接受或接近新社会主义思想的人正在增加。新社会主义思想的目标是建立把社会公正的理想与公民的高度政治和经济自由结合起来的社会。作者认为这就是俄罗斯变革的方向和应走的道路。1998年版原著以这一思想为全书的结尾。

作者为中文版增补的第五章，主要叙述了1998年俄罗斯发生的几件大事，如总理切尔诺梅尔金的下台、基连延科的上台、金融危机的发生、普里马可夫的出任总理等。作者认为，经过七八年局势的发展变化，叶利钦时代在俄罗斯已经结束，同时他又分析了俄罗斯老百姓尽管对叶利钦有许多意见和不满，但仍把叶利钦作为政权的象征而予以接受的原因。作者对普里马可夫政府的政策表示赞赏，并对之寄予希望。

本书实际上是一本叙述苏联解体后90年代俄罗斯最新历史的书。这10年中俄罗斯所发生的各种事件离我们还如此之近，形势又如此复杂矛盾，许多尘埃尚未落定，所以写这样一本书自然是相当困难的。但作者认为，"我们不能等待，不能把对事件的评价和分析留待身后的历史学家去做。历史学家、作者和学者的任务就是要把发生的事件记录下来，并作出初步的分析。当代见证人的看法和议论不免会主观和有局限性，但可作为未来研究的基础。"

作者在本书中反映出来的写作风格或写作特点也颇有特色。首先，作者作为一个历史学家，能对事件用历史的眼光进行观察和分析，他善于博引旁征，作古今和内外的历史对比。有不少见解颇能给人以启发。第二，由于作者本身的经历，包括他在苏联时期的经历，所以他能够比较超脱和冷静地去观察周围的世界、人物和发生的事件，能收集和摘引各种不同的观点，对之进行平心静气的分析评论，体现了作为一个平民作者的淡泊平实的态度，而无盛气凌人、自以为是之感。

还须说明的是，作者在本书中虽对1998年版作了补充，写到了普里马可夫政府的上台和受到俄罗斯各界广泛支持的情况。但就俄罗斯局势而言，进入1999年以后，又有了不少重大变化和发展。5月叶利钦总统出乎人们意料地突然把普里马可夫解职，而任命斯捷帕申为总理，8月又突然把斯捷帕申解职，而任命普京为总理。围绕定于今年12月举行的国家杜马选举和明年6月举行的总统选举而展开的选举运动已经开始，俄罗斯正酝酿着新的变动。历史是永恒地在发展的，而任何一个人（包括所有政治家、历史家在内）的认识总是有局限性的。历史著作总有时限。自然我们无权要求作者在本书中对1999发生的这些具体变化在写书时就作出预测。至于俄罗斯将来走什么道路，是否会像作者预测的那样走民主社会主义的道路，这就只能由俄罗斯人民来作选择和由以后的历史来检验了。

我想说明一点：我在上面介绍的关于作者和本书的情况、提出的一些印象和看法纯属个人所见，仅供读者作参考。读者无疑会根据自己的理解和判断，对本书的内容和作者作出评价。至于俄罗斯将来走什么道路，是否会像作者预测的那样走民主社会主义的道路，那就只能由今后的历史来检验了。

我在这里也要说明一下我们参加本书翻译的几个人的分工：前言和第一章由邹用九（上海复旦大学教授）和徐葵（中国社科院东欧中亚所研究员）译，第二章由张达楠（中国社科院东欧中亚所译审）译、李录（同上单位副译审）和张树华（同上单位副研究员）译，中文版序言、第三章和第五章由宋锦海（同上单位研究员）译，第四章由张树华、徐葵、张达楠、李录译。全部译文由张达楠和徐葵先后作了两遍通校。另外，我们在原著人名索引的基础上编了一个全书人名索引和人物简介，以供读者和研究工作者参考查阅之用。我们对原著的理解和翻译以及所加的译注很可能有不正确之处，尚祈读者批评指正。

（此文完稿于 1999 年 9 月 5 日，此书中文版由新华出版社于 2000 年 1 月出版）

欧美学者对苏共党史的研究

——《一个英国学者笔下的苏共党史》"译者说明"

本书作者伦纳德·夏皮罗（1908—1983）是英国著名的苏联问题学者。他撰写的这部著作 1960 年在英国和美国出版，1970 年由纽约兰登书屋出增订第二版。本书根据第二版 1971 年印刷本译出。

本书的资料收集和写作过程是同 20 世纪 50 年代中期美国的苏联问题学者组织的一个"苏共党史研究项目"联系在一起的。美国对苏联的研究是在二次大战之后开展起来的。美国最早的两个苏联研究所——哥伦比亚大学俄国研究所和哈佛大学俄国研究中心，先后创建于 1946 和 1947 年。20 世纪 50 年代是美国的苏联问题研究的一个重要发展时期。1950 年初期，美国的苏联问题学者撰写和出版了第一批有关苏联经济、政治、历史、社会等方面的著作。20 世纪 50 年代中期，苏联共产党的历史也成了美国的苏联问题学者感兴趣的一个研究领域。当时由哥伦比亚大学俄国研究所所长菲利普·莫里斯发起，确定了一个苏联党史研究项目，吸收了 30 多名学者参加研究。根据这项研究计划，他们还邀集 20 多名在俄国十月革命后移居美国的前俄国社会民主工党的孟什维克和后来移居西方的前苏共党员提供了大批资料，撰写了许多回忆录，本书注释中多次提到的波·伊·尼古拉耶夫斯基就是移居西方的孟什维克之一。当时这个研究项目得到了美国福特基金会提供的很大一笔资助。

本书最后执笔者伦纳德·夏皮罗是应主持这个研究项目的课题委员会的邀请而撰写此书的。伦·夏皮罗 1908 年生于英国格拉斯哥，在俄国度过了他的童年和少年时期，在那里一直居住到十月革命后的 1920 年才回英国上学，以后在英国长期充当律师。二次大战时曾在英国军队的总参谋部任职。1955 年起他在伦敦经济和政治学院任政治学教授，专门讲授苏联政治。他的主要著作有《共产党专制制度的起源》和《苏联的政府和政治》等。

伦·夏皮罗用了三年时间撰写了本书。他在写作过程中利用了为苏共党史研究委员会在美国组织撰写的大量研究报告、回忆录和其他资料。本书第一版主要写到斯大林逝世为止。第二版增加了《斯大林去世以后》这一部分，包括《赫鲁晓夫的发迹和下台》和《1953—1966 年苏联的内部发展：意识形态和政策》这两章。

本书的主要特点是材料比较丰富。作者参考的书籍范围相当广泛。书中引用了苏联早期出版的大量文献和布哈林等人的不少言论和著作，以及苏共二十大以后苏联学者发表的有关苏联历史的许多研究文章，也引用了西方学者撰写的关于苏联历史和政治等问题的一系列著作。伦·夏皮罗对他所引用的主要材料都注明了出处，以使读者了解他立论的依据。

自 20 世纪 50 年代以来，西方出版的研究苏联各种问题的专著相当多，但系统介绍苏共党史的著作很少，本书是在西方影响较大的一种。虽然本书是十多年前出版的，但由于它汇集了大量资料，反映了当时西方学者对苏联和苏联共产党的研究成果，从掌握多方面的材料和了解西方研究苏联问题的学者的学术思想和观点这个意义上说，本书还是有较大参考价值的。原著有一个跋，因内容主要不是写苏共历史，故略去。

（此文完稿于 1989 年 7 月，中文版由东方出版社 1991 年 9 月出版）

苏联外交家对苏联外交史
及其担任驻华大使一职的回忆

——《跨越时空》中文版"译校后记"

20 世纪即将成为过去，新的 21 世纪不久就要到来。20 世纪可以说是在人类历史上社会变化空前激烈、国际形势空前动荡、世界上生产力得到巨大发展、新的科技革命突飞猛进的一个世纪。在行将告别 20 世纪的时候，人们普遍感到，20 世纪是非常值得今天和未来的人们深入回顾、总结和研究的一个世纪。

在 20 世纪的世界历史中，苏联无疑占有十分重要的地位。不论是上半世纪的第一次和第二次世界大战，还是下半世纪的长期冷战，都同苏联（一次大战前为俄国）紧密有关；20 世纪世界社会主义事业的波折起伏也同苏联的兴衰密切相连。所以，要了解和研究 20 世

37

纪的世界，就不能不了解和研究 20 世纪的俄国和苏联。

在有关苏联历史的著作中，除了过去的苏联和今天的俄罗斯以及各国学者撰写的历史研究著作外，近年来俄罗斯的许多苏联历史见证人陆续撰写和出版了许多材料丰富的回忆录。这些回忆录对我们了解和研究苏联历史具有其不可替代的价值。由莫斯科《瓦格里乌斯》出版社在《我的 20 世纪丛书》系列中于 1997 年出版的奥列格·特罗扬诺夫斯基的回忆录《跨越时空——一个外交世家的历史》就是这样一本有价值的书。

这部书具有把回忆录与历史研究结合起来的特点。作者通过对他父亲一生的和他自己一生的经历的回忆，提供了大量丰富和生动的材料，使读者能从这个家庭的两代人亲身经历的侧面窥视到苏联从 20 世纪初期，到中期和末期的几个主要时期中许多重大事件的历史画面，看到老特罗扬诺夫斯基所接触的一些重要历史人物如普列汉诺夫、列宁、布哈林、托洛茨基、斯大林等人的部分肖像，和小特罗扬诺夫斯基本人所接触的一些重要历史人物如斯大林、莫洛托夫、赫鲁晓夫、安德罗波夫、勃列日涅夫、柯西金等人的许多鲜为人知的面貌。这个家庭的两代人都是苏联的重要外交官，所以这部回忆录对我们了解和研究苏联不同时期的外交政策和外交关系自然也会有不少帮助。书中讲了他们在本世纪中所经历的一些重大国际事件，如 20 世纪 20－30 年代的苏日和苏美建交、二战后对德国战犯的纽伦堡审判、20世纪 60 年代的柏林危机和加勒比海危机等等。作者不但叙述了这些事件的经过，而且提出了自己对一些事件的分析和看法。

奥列格·特罗扬诺夫斯基在他这本书的最后一章《最后一班岗》中，以满意的心情回忆了 20 世纪 80 年代下半期他在中国当大使和目睹中苏关系实现正常化的经历。我们在阅读、翻译和校对这一章的时候，不由地回忆起那几年我们研究所多次邀请特罗扬诺夫斯基大使到我们研究所同我们座谈或参加我们研究所人员的新年联欢，或者我们应邀去苏联大使馆参加招待会和电影放映会等活动的情景。当时，我们关心着苏联刚开始的改革，大使则关注着我国正在进一步展开的改革；我们和大使在促进两国关系的正常化这个问题上有着共同的愿望；我们和他在很多国际问题上也有着共同的，或相近的观点。大使对我们的坦诚的言谈和对我国的热情友好的态度，给我们留下了深刻的印象。大使在苏联解体前一年，即 1990 年离任回国，我和我们研究所不少同志曾参加了他在使馆举行的离任招待会。此后，在近 10 年的时间中，我们同他就没有联系了，只听说他已退休了。但是，有了这段在北京的相互交往，我们在翻译他的著作时还是有一种如见作者其人的亲切感。

令人高兴的是，今年 1 月下旬，我和他都作为中俄友好、和平与发展委员会的成员，在莫斯科参加了这个又称为中俄21世纪委员会的第二次有中俄双方委员会代表的全体会议，在会上又一次与他见面。他知道我们正在翻译他的这本回忆录，感到很高兴，他交给了我他为本书中文版写的序言，还表达了他对我国人民的良好的祝愿。但由于会议时间安排很紧，我们未能作深入一些的交谈。我发现他比在北京时老了许多。我对未能听他谈谈这些年来他对自己国家发生的变化的看法而感到遗憾。

但是当我仔细玩味他在这本回忆录中多次引用俄国诗人丘特切夫①的诗和英国著名文学家狄更斯在其小说《双城记》中的名句时，似乎也可看到他今天退休后的心情。他在他的回忆录开卷第一页上就引用了丘特切夫的两句诗："在世界的多灾多难时刻，亲历这个世界的人是幸福的"，用这两句诗作为本书的箴言。他在本书的前言中把英国小说家查尔斯·狄更斯写的反映他对法国大革命中气势磅薄的群众暴动场景所具有自相矛盾的看法的小说《双城记》中的名句作为前言的第一段："这是最好的时候，这是最坏的时候；这是智慧的年代，这是愚蠢的年代；这是信仰的时期，这是怀疑的时期；

_____

① 1803－1873，俄国诗人。倾向泛斯拉夫主义。他的哲理诗表达了社会历史和个人命运产生的矛盾的悲剧感，也反映了诗人的惶惑心情。

这是希望之春，这是失望之冬；人们前面有着各样事物，人们前面一无所有；人们正在直登天堂，人们正在直下地狱……"接着在前言的第二段中，他又引用狄更斯的话作补充写道："总之，那时和现时是那样相像，以致那时声名最响的某些作家，说好说坏，都固执地只用最高级的对比之词。"

在引用了狄更斯的上述两段话后，他又写道：似乎我们有充分的根据把上面引用的狄更斯的话应用于俄国所卷入的充满了战争和革命风暴年代的 20 世纪。

在本书最后，作者又引用丘特切夫的诗篇来结束本书：

我们已经年迈体衰，

开始力不从心，

我们这些老人，

理应让位于新人。

仁慈的上帝救救我们，

让我们对变化着的生活，

不去横加指责，

不去诽谤和怨恨。

让我们对更新中的世界，

不去心怀恼恨，

那里在摆好的筵席上，

入座的已是新人……

从作者在本书的前后两头引用的丘特切夫的诗句中，以及在前言中引自《双城记》这部小说中的那些话中，我们似乎可以察觉到他对他父亲和他自己作为苏联外交家经历的一生以及对他的祖国——原先的苏联和苏联解体后的俄罗斯，在 20 世纪初期、中期和末期所发生的起伏变化所感到的感慨和无奈，同时也可感受到他对苏联解体后的俄罗斯和对俄罗斯的新的一代人所寄予的希望。

顺便说一下，就在莫斯科举行的这次中俄友好、和平与发展委员会双方委员的第二次全体会议上，当与会的俄中友好协会名誉会长、俄罗斯科学院院士、历史学家齐赫文斯基得知我们正在翻译和准备出版特罗扬诺夫斯基的这本回忆录时，他主动地把他为此书写的一篇书评复印件交给我。我感谢他对我国出版这本回忆录的中文版的关心。我们也把他的书评翻译出来作为本书的附录收在中文版里，供读者参阅。

这里需要说明一下参加本书翻译和校对的人员的分工情况：作者为本书中文版写的序言、本书前言、第一章《中尉——革命家》、第二章《父亲——外交家》由徐葵（中国社科院东欧中亚研究所研究员）译；第三章《镇压年代》、第四章《复仇》、第五章《'冷战'源头》

由宋锦海（同上单位研究员）译；第六章《斯大林》、第七章《斯大林之后》、第八章《在赫鲁晓夫秘书处》由王器（同上单位研究员）译；第九章《千钧一发》、第十章《领袖的更迭》、第十一章《东方之路》由徐志文（同上单位副研究员）译；第十二章《在联合国九年》、第十三章《最后一班岗》、跋和附录由张达楠（同上单位译审）译。全部译文由张达楠和徐葵作了统校。

最后还要说明的是，我们发现本书俄文原版在有些地方，如有的日本人名、个别年份以及个别词的字母拼法上，有疏误之处，我们在翻译时作了订正。当然，不排除我们在对原文的理解和翻译上也可能有不正确和不妥之处，我们热诚地欢迎读者给予指正。

（此文完稿于 1999 年 3 月 30 日，此书中文版由世界知识出版社 1999 年 9 月出版）

告别叶利钦时代政局混乱的俄罗斯

——《别了，俄罗斯》中文版"译者的话"

　　自苏联解体后，从 90 年代初以来，在俄罗斯联邦成为独立国家的开篇历史上，曾由叶利钦总统以他掌握全部国家权力决定国家一切重大问题的执政方式和采取许多令世人难以预测的政治行为给人留下了深刻印象的叶利钦执政时代，已经随着叶利钦总统本人在 20 世纪的最后一天，即 1999 年 12 月 31 日宣布提前辞去总统职务而正式宣告结束。叶利钦时代虽然只有不到 10 年的时间，但其间发生的事件之多和事态变化之大却是相当惊人的，而且有些事件还带有某些神秘色彩。例如 1991 年俄罗斯、乌克兰和白俄罗斯三国领导人在别洛韦日森林中举行的宣告苏联解体的聚会，1993 年在莫斯科发生的炮打"白宫"的事件，1993年底叶利钦宪法的制定和通过，1993和1995年的议会选举，1996年的总统选举，90年代中发生的车臣战争，私有化的实行和金融工业寡头的出现，叶利钦"家族"在俄罗斯政治中占有的地位与产生的影响，等等。尽管还在他下野之前，当各方面的迹象显示出叶利钦时代正在走向终结的时候，国内外有些学者就已开始对叶利钦时代进行了研究，并发表了一些作品，但很多情况对许多人来说至今还不是很清楚的。因此，今天在叶利钦时代已成为历史的时候，人们自然会希望对俄罗斯的这段历史和在这一时期中发生的许多重大事件能有一个比较全面和清楚一些的了解。我们觉得，在这方面基耶萨的这本书是可以为读者提供一定帮助的。

作者朱里叶托·基耶萨是意大利新闻记者，1940年生于意大利。他自1979年起就从事新闻工作。1980—1989年，他是意大利《团结报》（原意大利共产党的机关报）驻莫斯科记者。1989—1990年，他在美国华盛顿威尔逊中心的凯南研究所进行俄罗斯问题的研究工作。从1990年起，他是意大利《新闻报》派驻莫斯科的特派记者和政治观察家。他著有6部有关俄罗斯的著作。他在莫斯科度过的近20年的记者生涯中目睹了在原来的苏联和后来的俄罗斯这块土地上从勃列日涅夫，到安德罗波夫，到契尔年科，到戈尔巴乔夫，到叶利钦时期所发生的种种变迁。他能讲熟练的俄语，且广泛结识苏联和俄罗斯的各界人士。这是他观察俄罗斯问题的一个有利条件。据说他的一个特点是不论在什么地方和什么时候都能始终一贯地坚持自己对事物的观点和对世界的看法。

基耶萨的这本书写于 1997 年。全书从 1996 年 6 月俄罗斯举行的总统选举开篇，并且是以这次竞选为线索而展开的。它用新闻写作的笔触描绘了叶利钦"家族"、俄罗斯民主派与金融工业寡头以及美国派到莫斯科帮助进行总统竞选的顾问们是如何在幕后搞种种策划和计谋，以使叶利钦赢得这次竞选的。大家知道，在这次总统选举的第一轮投票中，叶利钦只得到了 35％的选票，俄共候选人久加诺夫则得到了 32％的选票，二人的得票率相差甚微。这次选举的竞争十分激烈。俄罗斯的当权派很着急，美国和其他一些西方大国也为叶利钦很着急。最后叶利钦想方设法把在第一轮选举中处于第三位的列别德将军（得到了 14.5％的选票）拉了过来，才在第二轮选举中赢得了胜利。作者根据他掌握的大量材料在书中对这场竞选斗争作了相当生动和详细的描绘。书中由此展开，涉及了俄罗斯的"休克疗法"及其推行者盖达尔、丘拜斯和他们的美国顾问萨克斯与奥斯伦等人，也谈到了处于困境中的俄罗斯军工企业、科研机构和大型企业和决定苏联解体的俄罗斯、乌克兰与白俄罗斯三巨头在别洛韦日丛林中会晤签署宣告苏联解体的别洛韦日协议的情况，以及第一次车臣战争发生的原因，叶利钦周围各派人物之间的钩心斗角等许多问题。作者对俄罗斯民主派及其政策，对美国在冷战后采取的对俄罗斯的立场与政策都持批评态度。作者说，他之所以把这本书的书名叫作《别了，俄罗斯！》，是因为俄罗斯的民主派改革家们不顾俄罗斯自己的传统和特点，丢掉了俄罗斯精神，照搬照抄在西方也有争论的新自由主义和货币主义的东西，结果使俄罗斯陷入今天这样的灾难性地步，可能需要经过很长一段时间才能改变这种局面。作者说他写这本书主要也是着意于批评西方在俄罗斯问题上的过错，他认为美国推荐给俄罗斯的不是民主、自由、市场等世界文明成果，而是已使这些文明成果改变了面目的西方价值观，美国是要把"自己的生活规则和生活方式强加给"俄罗斯。作者在书中明确说，他是爱好争论的。可以看出，书中有不少地方是作者为了同他的意大利和西方国家的同行就俄罗斯问题进行争论而写的，也就是为意大利读者和西方读者而写的。

我国这几年出版了一些俄罗斯作者写的关于俄罗斯的著作，也出版过美国作者的一些有关著作。但似乎还没有出版过像意大利这样的欧洲国家作者写的这方面的著作。欧洲作家身处欧洲，有自己的处境和经历，他们无论是对俄罗斯还是对美国会有他们自己的认识与看法。尤其是像基耶萨这样一位看来是代表左翼思潮的新闻工作者，自然更会有他自己的对俄罗斯和西方世界的看法。虽然本书的涵盖时间截至 1997 年初，但由于这段时间中俄罗斯政坛上各种斗争特别复杂和激烈，因此它仍不失为一本对了解叶利钦时代有较大阅读价值的著作。

最后需要说明一下我们几个译者在翻译本书中的分工：代序和第一至第八章由徐葵（中国社会科学院东欧中亚研究所研究员）译，第 9 至第 13 章由宋锦海（同上单位研究员）译，第 14 至第 16 章由王器（同上单位研究员）译，第 17 至第 19 章和结束语由张达楠（同上单位译审）译。全部译文由徐葵和张达楠共同作了通校。本书原著为意大利文，我们是从俄译本转译成中文的。由于是转译，不论是在对原文的理解上，还是在文字的表述上都难免会有不准确或错误的地方，我们衷心欢迎读者给予批评指正。

（此文完稿于 2000 年 4 月 18 日，此书中文版由新华出版社 2000 年 8 月出版）

戈尔巴乔夫改革侧记

——《在戈尔巴乔夫身边六年》中文版"译者的话"

　　1991 年苏联的解体，是对世界形势的发展具有深刻影响的重大事件。这个事件的发生是同当时苏联领导人戈尔巴乔夫和他从 1985 至 1991 年在苏联执政时推行的改革联系在一起的。所以，戈尔巴乔夫其人和他的改革，不论在俄罗斯，在我国，还是世界其他许多国家中，都成了大家研究苏联这段历史时十分关注的重要课题。苏联解体后这些年来，世界各国已出版了许多有关戈尔巴乔夫和他的改革的著作。翻开这些著作就可看到，人们对戈尔巴乔夫和他的改革有着不同的看法和评论，存在着许多分歧和争论。这段历史离我们还如此之近，导致苏联解体的许多主观和客观因素还不能说已经弄得十分清楚，人们对这个重大历史事件和有关人物有着不同的看法和评论，是很自然的，也是不可避免的，这方面不同意见的争论势必还会继续下去。如何进一步弄清苏联解体的原因，如何进一步剖析和探讨戈尔巴乔夫其人和他的改革，这恐怕将是历史学家和社会科学工作者今后需要长期研究的一个课题。

要达到尽可能客观地对苏联这段历史，对戈尔巴乔夫和他的改革进行分析和研究的目的，首先需要把有关的大量历史事实及其错综复杂的相互联系弄清楚，也就是要依据大量事实材料把历史事件及其过程的本来面目搞清楚。我国著名的党史专家金冲及同志在他为《毛泽东和莫斯科的恩恩怨怨》一书写的序中写道，"研究历史，有两点是必须做到的：一是尊重客观事实，二是具体问题具体分析。这两点其实是一回事，因为客观事实本身是复杂而充满矛盾的。如果把事情看得很简单，不进行具体分析，就很难做到符合客观事实。"我想他这段话也完全适用于我们对戈尔巴乔夫这个历史人物和他的改革的研究。

从这个意义上看，我觉得我们翻译的这本书对读者是有较大的阅读和参考价值的。因为作者本人是戈尔巴乔夫在这六年中的亲密助理，一直在戈尔巴乔夫身边工作，而且他这本书又是以他自己在这六年中每天所记的日记作为重要依据的。作者根据他自己的日记和掌握的许多鲜为人知的文件，提供了他对苏联这段时间中发生的许多关键性事件的叙述和看法。这是本书的一大特点，它的价值也就在这里。

为了便于读者阅读本书，我想在这里先把本书作者阿纳托利·切尔尼亚耶夫的情况作简短的介绍。切尔尼亚耶夫虽然过去曾长期在苏共中央国际部工作，但由于他的工作很少同中国有直接联系，所以在我国知道他的人恐怕并不多。我过去也不认识他，只是为翻译他这本书而同他有过一面之交。那就是去年1月我受出版社的委托在莫斯科找他签署出版合同时见到了他并与他进行了一次交谈。在这次交谈中我了解到，除本书外，他在这几年中还出版了两部回忆录：一部是自传体回忆录，书名《我的一生和我的时代》（1995年莫斯科国际关系出版社出版），写他从幼年时的20年代一直到80年代中的一生经历；另一部书名《1991年：苏联总统助理日记》（1997年莫斯科共和国出版社出版），主要写1991年苏联8·19事件的前前后后和苏联的解体。翻阅了这两部书，使我对他有了较多的了解。

阿·切尔尼亚耶夫1921年5月生于莫斯科。他的家庭在革命前属中产阶层，从一次大战前到十月革命后长期居住在20世纪初莫斯科向近郊扩展时新建的一个原来主要居住中产阶层（下层官员和教师、医生等较富裕的知识分子）的区里。他的父亲在第一次大战前在莫斯科经营过一个机械工厂，战时是沙俄军队的一名中尉军官，在十月革命后的新经济政策时期又在莫斯科开过工厂。他的母亲受过旧俄古典中学的教育，有旧俄时代上层知识妇女的气派，重视对自己子女的传统文化教育，要孩子在幼年时就学钢琴和外语（法语和德语）。这个家庭在新经济政策时期生活还是相当不错的，但到20年代后期和第一个五年计划开始时就变得比较困难了。那时切尔尼亚耶夫的父亲进了一家国营工厂当机械工程师，母亲也到那家工厂做工。但在30年代初清理"旧人员"时，他们都被工厂清理出来了。后来母亲到一家商店当了会计，父亲同母亲离异。在这样一个家庭环境中成长起来的切尔尼亚耶夫，在少年时经历了苏联的新经济政策时期和集体化与工业化的开始。在他念完七年制学校进入十年制学校时，苏联在教育方面为适应国家培养大批干部的需要，根据斯大林、基洛夫和日丹诺夫对苏联历史教科书的批示，决定放弃革命后不正规的教育实验，恢复过去传统的古典中学教育制度（切尔尼亚耶夫认为旧俄的中学教育制度和教育质量当年在世界上是很优良的）。因此虽然他的家庭经济状况变了，但他的教育环境并没有发生多大变化。特别是他上的十年制学校中有不少具有相当高的文化素养和专业水平的老教师，给予了他很大的影响。这样的家庭环境和学校环境使他从小养成了爱好看书的习惯，在年轻时就阅读了大量的俄罗斯和欧洲古典文学、哲学、历史著作。这种环境使他成长为一个受俄罗斯传统文化影响较深的比较典型的俄罗斯知识分子，崇尚"个人的人格和尊严"，有自己的"独立思考和见解"。他说他后来在一生中常常是从他年青时形成的这种"内心世界"去观察和感受周围的一切的。

切尔尼亚耶夫于 1938 年夏在十年制学校毕业后，同年秋天就进入了莫斯科大学历史系学习。1941 年 6 月当他在大学读完三年级的时候，苏联开始了抵抗德国法西斯入侵的卫国战争。这年 11 月切尔尼亚耶夫志愿参军，被编入雪橇营。四年战争时期，他一直待在西北战场前线，参加过不少战斗，1945 年 4、5 月间参加了解放里加和塔林等波罗的海国家城市的军事行动。战后他在军队中继续待了一年。1946 年他复员回莫斯科大学继续上历史系四年级，在历史系毕业后又接着当了研究生，同时在莫大历史系担任教师，教历史课达 10 年之久。1957 年他被调到在布拉格的《和平和社会主义问题》杂志编辑部在鲁勉采夫的领导下工作，在那里工作到 1961 年。在此期间，他同编辑部里的意共、法共和其他国家共产党的代表有很多接触和交往，扩大了自己对世界的视野和对欧洲共产党的了解。1961 年他被调回国内到苏共中央国际部工作。当时苏共中央有两个主管党的国际联络工作的部。一个是社会主义国家联络部，主管同社会主义国家共产党和工人党的联络工作，安德罗波夫曾任该部部长。另一个就是主管同世界上非社会主义国家各国共产党的联络工作的国际部，该部长期由苏共中央书记处书记波诺马廖夫兼任部长。切尔尼亚耶夫从 1961 年起在苏共中央的这个部里一直工作了 25 年，直到戈尔巴乔夫上台后于 1986 年初调他去做总书记助理为止。在该部工作期间，他从该部的一名调研员晋升为副部长，由于工作关系他同西欧各国的共产党有很多联系和接触，1966 年曾作为苏共观察员出席在斯德哥尔摩举行的第十届社会党国际代表大会，在 60 年代他曾写过几本关于社会民主党和工人运动的书。在此期间，切尔尼亚耶夫也经常参加苏共中央的写作班子，参与苏共的一些重要文件如总书记的讲话和党代会的报告等文件的起草工作。切尔尼亚耶夫在生活中有两个特点：一是从年轻时开始就养成了记日记的习惯，一生记了 25 大本日记，在苏共中央工作期间天天都写日记，详细记录了几十年中他对苏联所发生的大量事件的观察和思考，成为他后来写回忆录的重要依据。二是出于他的文化气质，不喜欢"出头露面"，愿意默默无闻地做自己认为"不背于自己良心"的该做的事。知道了作者的这些情况和经历，可能会有助于我们了解他在本书中反映出来的一系列思想观点。

其次我想就本书的框架结构和内容特点向读者作些

简要介绍。本书基本上是按时间次序写的。全书九章中，第一章着重介绍戈尔巴乔夫出任苏共中央总书记以前几年的情况，其他各章都是讲 1985 年到 1991 年六年中戈尔巴乔夫担任苏共中央总书记和苏联总统期间的事，基本上是顺着时间一章讲一年的事，1991 年因苏联形势的发展变化特别大，所以分成两章来写。从作者为每章起的标题中可以看出，其用意是在标出各章所涉及的各个阶段中戈尔巴乔夫的改革思路的主要倾向和他在改革实践中碰到的主要问题，也是意在为读者指明本书的基本脉络。

从全书的内容看，它的一个明显特点就是材料翔实丰富，这是这些年中俄罗斯出版的许多回忆录和其他一些有关著作所不及的。这本书看来至少可在以下几个方面帮助我们增加对苏联这段历史的许多了解。一是苏联这六年的改革过程，书中提供了许多细节和内情，披露了戈尔巴乔夫在小范围中的不少谈话和苏共中央政治局的对许多问题的讨论情况。二是戈尔巴乔夫本人在这六年中的改革思想的发展变化和他对苏联国内和世界形势的认识的演变。三是苏共党内，特别是最高领导层内的复杂的矛盾、分歧和斗争。四是这段时期中苏联社会上各种思潮和各种政治力量的发展变化和错综复杂的斗争。五是这时期苏联在戈尔巴乔夫的"新思维"指导下的外交活动的许多细节，特别是戈尔巴乔夫的个人外交活动的内情，书中披露了戈尔巴乔夫和撒切尔、密特朗、科尔、里根、布什、舒尔茨、贝克等西方大国首脑和政要的许多谈话记录。作者在书中也根据他的日记叙述了他在各个阶段对苏联的改革和内政外交方面许多问题的思考和看法和他自己提出的政策建议，还分散在各章中谈了他对戈尔巴乔夫的弱点和不足之处的一些观察和分析。

这本书，正如作者在前言中一开头就说的，是一本关于戈尔巴乔夫的书。读者在阅读这本书的时候自然会随时想到一个问题：应如何看待和评价戈尔巴乔夫其人和他的改革？作者在这个问题上的观点是明确的，他对戈尔巴乔夫和他的改革是持肯定态度的。他在致中国读者的序中说，"不管在戈尔巴乔夫之后发生的一切，我没有改变对戈尔巴乔夫、对改革、对他的建立在新思维基础上的对外政策的看法。"同时作者也声明，他不希望这本书会使中国读者感到它是在为戈尔巴乔夫辩护，他只是想用事实材料来证明实际情况是怎样的，以便人们能公正地，根据事情的真相来作出评论。根据作者的性格和为人的特点，我相信他这些话是真诚的。不过由于他当时所处的地位，他能否完全超脱地来看待自己参与的那些事件，这一点需要由读者自己在阅读时加以判断。我们觉得作者的许多观点可以作为我们研究问题的参考，自然其中有不少是值得商榷的。

我还想在这里顺便提一下，作者作为一个历史学家，在书中，特别是在《致中国读者》的序言里，也给我们提出了几个值得我们思考的很有意义的问题。一个是在评价历史人物时如何把握动机和效果的关系问题。他说"对一个国务活动家作评价，更多地不是根据动机，而是根据效果。然而，如果把动机加以歪曲，那就不可能客观地去评价效果。"这个问题无疑是历史研究中一个非常重要的问题。我们是动机和效果的统一论者，不过抽象地讲统一容易，而把统一论应用于实际却并不那么容易。因此如何正确把握这两者的辩证关系，实事求是地去评价历史人物，包括戈尔巴乔夫和他的改革，并对之作出符合实际的分析和判断，这仍然确是我们需要重视的一个问题。

　　另一个是有关中苏关系的问题。作者认为，二次大战后大国（包括西方大国和苏联）犯下的最大错误就是进行了冷战。但即使已经出现了冷战，在中国革命胜利后，如果苏中双方不犯错误，而真正建立起成熟的、良好的苏中关系，那么世界形势的发展可能会是另一个样子。的确，如果从理论上进行假设和推断，中苏两个巨大的社会主义国家当年如不受意识形态分歧的干扰，能早日建立和发展真正平等互利的正确关系，能从国内外形势发展的现实出发早日开始改革，那么后来的历史就会不同。作者惋惜说，这个"具有世界历史意义的机会失掉了"。历史不可能重复,但在研究和总结历史经验的时候,提出某种假设应该是可以的。作者在回顾中苏关系历史时提出的这一假设是否可引发我们思考这样一个问题:在冷战结束之后,中俄两国在新的历史条件下和新的基础上建立了面向 21 世纪的平等互信的战略协作伙伴关系,这是不是两国又一次面临的具有世界历史意义的机会?如果是的话,两国又应该如何为了两国人民和世界人民的利益去把握住和利用好这次机会?

最后需要说明一下我们在本书翻译工作中的分工。本书的《致中国读者》、前言和第一章的译者为徐葵(中国社科院东欧中亚研究所研究员),第二章为邹用九(上海复旦大学教授),第三章为宋锦海(中国社科院东欧中亚研究所研究员,她还帮助译了第一章的一部分),第四章为徐志文(中国社科院东欧中亚研究所副研究员),第五章为黄曰昭(中国社科院东欧中亚研究所译审),第六章为王器(中国社科院东欧中亚研究所研究员),第七章为林野(军事科学研究院研究员),第八章为宣淼(中国社科院东欧中亚研究所译审),第九章为张达楠(中国社科院东欧中亚研究所译审)。全书译文由徐葵和张达楠负责通校。本书译文难免有错误、不准确和不规范的地方,我们诚恳地欢迎读者批评指正。

(此文完稿于 2000 年 3 月 12 日,此书中文版由世界知识出版社 2001 年 1 月出版)

战功显赫的苏联元帅惨遭清洗纪实

—— 《被枪决的苏联元帅》中文版"译者的话"

本书作者弗拉基米尔·瓦西里耶维奇·卡尔波夫是一位俄罗斯作家。他生于 1922 年。1939—1941 年在塔什干军校学习。二战时参加了苏联卫国战争。1944 年获苏联英雄称号。1947 年毕业于伏龙芝军事学院，1954 年毕业于高尔基文学院，在苏军一直服役到 1956 年。他从 1945 年开始发表文学著作，擅长写军事题材方面的作品。著有《指挥员们的头发斑白得太早》、《侦察员们》、《一千零一天》、《中尉的画像》等短篇和中篇小说。长篇小说有《永恒的战斗》、《元帅仗》、《抓活的!》。还著有剧本《东方的灯塔》、文献性中篇小说《统帅》、《朱可夫元帅》等。他于 1981—1986 年曾任苏联文学杂志《新世界》主编，1986－1991 年任苏联作家协会第一书记，在苏共 27 大上曾当选为苏共中央委员。他一生中在政治上也经历过不少曲折，在 1941 年反德国法西斯的卫国战争开始前，当他还是一个年轻人的时候，就被定为"人民的敌人"，遭判刑流放，1942年 10 月前在集中营和劳改地经受过多年的折磨，之后在战时被编入惩罚连送上前线，参加了卫国战争。

　　本书是一部纪实性文学特写集。收进文集的各篇特写都写于苏联解体后的 20 世纪 90 年代。作者此时已进入了他所说的"生活中的黄昏"，过去的"一切都已经是往事了"。然而，他对他的国家经历的曲折变化，对他所熟悉的几位曾在战场上立下显赫战功的几位元帅的光辉生涯和最后的悲惨结局，对斯大林时期法制遭到的严重破坏和大量无辜者的遭殃，对勃列日涅夫这样的国家领导人及其家庭的荣衰等有很多深沉的感慨。看来，他于垂暮之年在回味人生和国家命运的时候，是想把他所经历的历史通过对一些人物的特写记录下来。他说"历史就是历史。它不是写出来的，它是自己形成的，以后既不能把它改好，也不能把它改坏。……人们应该知道历史的真实情况。"他写这些特写时查阅了大量历史档案，访问了许多受害者的遗孀和子女，还专门同一些见证人和亲历者，包括勃列日涅夫夫人这样一个从普通妇女上升为国家第一夫人而今过着双目失明的孤寂生活的人物进行了打开心扉的交谈。

本书分四个部分。第一部分是主要部分，占用的篇幅最大，这在书名上也得到了反映。作者在第一部分中利用许多过去鲜为人知的档案材料和他的文学特写的笔触，叙述和描写了图哈切夫斯基、叶戈罗夫、布柳赫尔、库利克四位苏联元帅的悲惨命运。这四位元帅都是在斯大林时期被枪决的。其中前三位是在1935年苏联第一次设立苏联元帅军衔时第一批被封为元帅的五位军人中的三个（其他二位为伏罗希洛夫和布琼尼）。他们曾是沙俄军队的军官，参加过第一次世界大战，十月革命后参加红军，国内战争时期在打败帝国主义武装干涉和白匪反革命武装的战斗中转战于各条战线，都有很大的战功。只可惜他们成为元帅后不过二三年时间，还在苏联卫国战争前夕就先后被扣上了参加叛国阴谋和反苏活动等莫须有的罪名而被枪决了。与他们同时遭清洗和镇压的还有一大批将军。这是苏联军事政治史上的一幕悲剧。三人中二人同中国有过联系，叶戈罗夫20年代曾在苏俄驻华使馆担任武官，布柳赫尔（即加伦）曾应孙中山的要求被苏联派到中国帮助国民党进行北伐。正如作者自己说的，他在写上述四位元帅时"心中充满了痛苦和对无辜遭枪决的元帅们的同情"。每篇特写都对这些人物的特点和性格等做了较深的刻画，也分析了这些在战场上出生入死、具有英雄气概的军人为什么在法庭上竟会违心地承认自己有罪这个谜。

　　书中写的第五位元帅贝利亚则是在斯大林死后被枪决的。也许是由于作者有过遭受迫害和流放等的苦难经历，他对贝利亚有着极大的愤恨，是把他作为"恶棍"、"一生都是肮脏的蜕化变质分子"和"超级刽子手"来写的。他揭露了贝利亚作为苏联内务人民委员帮助斯大林破坏法制、迫害大量无辜受害者的罪行。他认为他写的"第五个元帅不仅该遭枪决，要是有可能，甚至该上绞架、坐电椅、用铡头机铡掉他的头，把所有这些刑罚加在一起……都嫌不够"。可是，对贝利亚这个人，今天在俄罗斯也有着不同的评论和看法。有些政论家和历史学家也以许多材料为依据，认为贝利亚是苏联历史上一位"重要的政治家"，"他在镇压中的过错并不比从莫洛托夫到赫鲁晓夫这些政治局委员的过错大，只不过他在1953年夏天的政治斗争中输掉了，于是把他变成了替罪羊，把一切罪过都推到他身上去了"。（可参阅《元帅和总书记》，东方出版社，2000年版；《历届克格勃主席的命运》，新华出版社，2001年版；《我的父亲贝利亚》，新华出版社，2001年版。）对贝利亚的最终评价，恐怕还需要经过一定的时间由历史来做。

　　本书除了用大量篇幅写了上面讲到的五位元帅外，还收进了三篇可以单独成篇的特写。其中只有"领袖的暗恋"那一篇因涉及斯大林与库利克的妻子的关系而同库利克元帅的命运有联系外，其他两篇在内容上同元帅们都没有什么联系。如"古米廖夫"这篇特写，写的是20世纪初期俄国相当有名的一个诗人。诗人古米廖夫曾作为沙俄军队的侦察员参加第一次世界大战，也做过俄国情报部门的情报员，从1910到1918年他是俄国著名女诗人阿赫马托娃的丈夫。一战后他于1918年回到了革命后的彼得堡，又活跃在文学圈内。他曾有保皇思想，但并不反对苏维埃，因同反对革命的旧俄军人有接触，结果于1921年被判刑处决。作者认为古米廖夫也属于"没有犯罪要素"的无辜受害者。"领袖的暗恋"写的是斯大林的隐私生活，虽然同库利克元帅有关，但也是从这个侧面来写的。最后一篇特写"和维多利亚·勃列日涅娃的夜谈"，看来是想通过勃列日涅夫夫人晚年对她丈夫的一生和对她家庭生活和女儿等的回忆写出过去苏联老百姓很难了解到的苏联高层领导人作为人的思想和心理以及他们的家庭生活的一面。不管怎么说，作者的这些特写反映了苏联历史的一些侧面，对我们了解和研究苏联的历史和一些历史人物都是有帮助的。

参加本书翻译的有徐葵、张达楠、林野、何香、李方仲和宋锦海同志，徐葵和张达楠共同校对。译文中难免有错误和不妥之处，敬祈读者给予批评指正。

（此文完稿于2001年7月11日，此书中文版由新华出版社2001年10月出版）

对 20 世纪俄国、苏联和俄罗斯历史的回顾与反思

—— 《回忆的漩涡》中文译稿"译者的话"

本书是前苏共中央政治局委员亚历山大·尼古拉耶维奇·雅科夫列夫写的一部回忆录,由俄罗斯"瓦格里乌斯"出版社于 2000 年列入《我的 20 世纪丛书》中出版。

作者亚历山大·雅科夫列夫 1923 年生于俄罗斯欧洲部分中部雅罗斯拉夫州的科罗列沃村。1941 年夏他刚从中学毕业,6 月 21 日德国法西斯开始发动对苏联的侵略战争时,8 月初雅科夫列夫即应征入伍参加卫国战争。他经半年军事训练后得到上尉军衔,于 1942 年初上前线,在战斗中中弹负伤。致残回家后,在战争期间进雅罗斯拉夫师范学院历史系求学,于 1946 年毕业。

1958 年苏美开始文化交流时被派往美国哥伦比亚大学进修了一年。1959 年到苏共中央社会科学学院学习。他是历史学博士、教授、俄罗斯科学院院士。从 1946 年起他在苏共雅罗斯拉夫州委员会任指导员;1948 年起任州委宣传鼓动部副部长和州的机关报《北方工人报》编辑;1950-1953 年任州委学校与大学部部长。1953 年在斯大林逝世后雅科夫列夫被调到苏共中央工作,曾任苏共中央学校部指导员。苏共 20 大后,他于 1959 年申请到苏共中央社会科学学院学习。1960 年学习结束后,又回苏共中央机关,被调到宣传部工作,曾任该部报刊处处长。从此时起,雅科夫列夫开始参加为苏共中央领导人起草报告、讲话等文件的工作。1964 年勃列日涅夫上台后,他进一步成为苏共中央领导人的写作班子的重要成员,参加过苏共中央许多文件的起草工作,包括勃列日涅夫的许多讲话。1965 年升任苏共中央宣传部副部长,1969 年 10 月,在苏共中央宣传部长缺额的情况下,他被任命为宣传部第一副部长,实际上代理部长职务直到 1972 年。1972 年他因在《文学报》上发表《反对反历史主义》一文遭贬谪,被派到加拿大任苏联驻加大使 10 年。1982 年勃列日涅夫去世后他回苏联任苏联科学院世界经济与国际关系研究所所长。1971-1976 年当选为苏共中央监察委员会委员。1985 年戈尔巴乔夫上台后被任命为苏共中央宣传部部长至 1986 年。1986－1990 年当选为苏共中央委员。1986 年当选为中央书记，1987 年 1 月当选为苏共中央政治局候补委员，6 月当选为政治局委员。1988 年任苏联政治镇压牺牲者平反委员会主席。1989 年当选为苏联人民代表大会代表。1990 年戈尔巴乔夫任苏联总统后，他被委任为苏联总统委员会委员，由于这项任命，他退出了苏共中央政治局委员和书记处书记的职务。1991 年 3 月戈尔巴乔夫解散总统委员会后他被任命为总统高级顾问。但于 6 月他辞去总统顾问职务。1991 年 8 月 15 日苏共中央监察委员会建议开除雅科夫列夫党籍，他未等被开除即于 8 月 17 日宣布退出苏共。他在苏联发生的 1991 年 8 月 19 日事件中支持叶利钦，反对紧急状态委员会。1991 年底苏联解体后，他于 1992 年曾任社会经济和政治学研究会（即戈尔巴乔夫基金会）副主席，旋即辞职。他自己组建了一个国际“民主”基金会并任主席。1992 年起任俄罗斯总统下属的政治镇压平反委员会主席。1993－1995 年叶利钦任命他为俄罗斯电视广播委员会主席。1994 年曾当选为统一社会民主运动组织委员会主席。

"瓦格里乌斯"出版社出版的收入《我的 20 世纪丛书》的书都是回忆录性质的著作。但本书就其内容来说，不仅是一部通常意义上的回忆录，而且反映了作者对整个 20 世纪中俄国和苏联历史的回忆和思考以及对从戈尔巴乔夫到叶利钦时期 15 年苏联和俄罗斯改革的回忆和思考，还反映了作者对俄罗斯今后的发展和当代世界发展趋势等问题的看法。书中涵盖的时间跨度很大，涉及的历史事件和人物很多，对 20 世纪最后 25 年中苏联和俄罗斯的改革的曲折发展和这段时期中两个主要人物戈尔巴乔夫和叶利钦都有较详细的叙述和评论。本书值得注意之处有二。一是书中收集的材料比较丰富，有不少有关 20 世纪俄国和苏联的鲜为人知的历史材料和档案材料，也有作者从近处对赫鲁晓夫和勃列日涅夫等苏联领导人所做的观察和得出的印象。二是作者的观点反映了当前俄罗斯的一种社会思潮，即自由主义和社会民主主义的思潮。在俄罗斯，雅科夫列夫是个有很大争议的人物。对他批评和谴责者有之，赞扬和支持者也有之。他所代表的这种思潮在俄罗斯是一个客观存在。从以上两点看，本书对我们了解和研究 20 世纪俄国和苏联的历史以及 1985 年以后 15 年来苏联和俄罗斯的改革以及当前俄罗斯的社会思潮并研究其教训是有一定参考价值的。至于对作者在书中表述的思想观点，我们相信读者是会作出自己的分析、鉴别和评论的。

（此文完稿于 1990 年 5 月）

一本反映苏联和俄罗斯政治
生活的"百科全书"

——《历任外交部长的命运》中文版"译者的话"

　　本书作者列昂尼德·姆列钦是当前俄罗斯知名的新闻工作者和作家，曾任《新时代》杂志和《消息报》副总编辑，现任俄罗斯电视中心的政治评论员和《人物档案》节目的撰稿人和主持人。近年来他发表了多部有关苏联和俄罗斯的人物和历史方面的大部头著作，在国内外出版。他的主要著作中在我国已出中文版的有三本，即《普里马科夫的仕宦生涯》（新华出版社，2000 年出版）、《历届克格勃主席的命运》（新华出版社，2001 年出版）和《权力的公式——从叶利钦到普京》（新华出版社，2001 年出版）。本书是作者进入新世纪后写的一部新作，俄文原版出版于 2001 年。

本书写的是苏联和俄罗斯自 1917 年以来 80 多年时间中的 15 任外交部部长，其中 2 人在不同时间担任过两任外交部部长，所以人数共为 13 人。外交是国家政治生活的重要方面，又同国内政治紧密相连，在写外交部部长这类高层官员的传略和经历时自然要涉及许多重大的政治和历史事件。所以，正如作者在前言中说的，"本书叙述的不仅是外交人民委员和部长们、外交政策和外交。这还是我们国家从 1917 年到今天的历史的一个侧面……"俄文原版编者在本书简介中还说，姆列钦的这部新作"是一部关于苏联和俄罗斯政治生活的独特的百科全书。作者根据大量难以看到的文献材料，再现了所有这些外交部长的真实面貌，介绍了我们国家政治中过去被掩盖起来的许多方面。"这本书"不仅非常有趣地叙述了大多数人很少了解的这些高层官员的生活和活动，还是对十月革命以来祖国历史的一种看法。"我们觉得，这些话很好地说明了这本书的主要特点。

　　本书另一个特点就是材料丰富，叙述生动。我们中一些曾长期做苏联和俄罗斯研究工作的人，在翻译本书过程中也经常被书中叙述的过去无从知道的许多历史材料所吸引。作者广泛引用了苏、英、法、德、美等国各时期的领导人和外长的回忆录和作为许多事件的见证人的一些知名作家的作品。作者自己也对苏联和俄罗斯的外交官和他们的亲属进行过很多采访，并在书中采用了这些采访材料。作者除给我们提供了许多鲜为人知的材料外，还就一些人物和事件提出了他自己的分析和看法，这对我们了解和研究苏联和俄罗斯的历史人物和事件也很有参考价值。

例如关于十月革命后的第一任外交部部长托洛茨基。过去不要说在我国，就是在苏联，也很少有人知道托洛茨基曾是苏联第一任外交部部长。这是斯大林在国际共产主义运动中开创的进行党内斗争中的恶劣先例所造成的一个结果，他把托洛茨基、布哈林等政敌打下去，给他们贴上了"人民敌人"、"帝国主义间谍"等标签后，就把他们从历史上一笔勾销了。甚至在苏联专门培养外交官的国际关系学院中讲苏联外交史也只从第二任外交部部长契切林讲起，根本不提托洛茨基。在托洛茨基担任外交人民委员时，他进行的主要外交活动就是在布列斯特与德国谈判签订和约问题。关于这件事，我们读过的《联共（布）党史简明教程》中说的是，"托洛茨基及其帮凶布哈林等配合一切反革命分子的黑暗勾当在党内发动了反对列宁的激烈斗争，要求继续战争，反对签订和约，力图使尚未巩固的苏维埃政权遭受德国帝国主义的打击。"（见《联共（布）党史简明教程》，人民出版社，1975 年版，第 239 页）现在，作者在本书中给读者指出，"斯大林制造的说托洛茨基破坏了在布列斯特—立陶夫斯克的谈判，使德国人占领了半个俄

73

国的说法，是不符合事实的。人们习惯于认为，列宁和斯大林关心祖国的利益，而托洛茨基只想搞世界革命，为了它可牺牲俄国本身。事实上托洛茨基在布列斯特的行动并没有违反党的决定，而是服从党的决定的。尽可能拖延谈判，不签和约——这是列宁的路线。围绕与德国人要不要签订和约的斗争不是在列宁与托洛茨基之间进行的，而是在托洛茨基与要求不管一切继续打下去的党内大多数同志之间进行的……"作者分析了当时联共（布）党内的形势说明，在这个问题上党内多数不再服从列宁了，列宁处于少数地位。托洛茨基提出的既不要战争，又尽可能拖延谈判，不签和约的建议成了唯一可能的妥协。作者还认为，当时由于托洛茨基懂得形势的危险，所以在投票时投了弃权票，使列宁的观点得到了通过。如果托洛茨基对列宁的立场投反对票的话，那么德国人有可能会占领莫斯科和彼得格勒，布尔什维克政权有可能会保不住。

再如作者提供了 1939 年苏联和德国、斯大林和希特勒接近的许多材料，并对苏德关系的这段历史作出了他的分析。他指出苏联在 1938 年就已开始推行接近德国的政策。1939 年斯大林撤掉主张同英、美等国发展关系的外长李维诺夫，而任命莫洛托夫为外长，是向希特勒发出的一个信号，"主要是要使国家对外政策有一个 180 度的转变。"在莫洛托夫出任外交人民委员后，苏德接近的步伐大大加快了，不久就出现了苏联和德国、斯大林和希特勒的亲密关系时期。书中对 1939 年苏德签订的互不侵犯条约和秘密补充议定书的经过作了详细的叙述，披露了当时苏德两国领导人蔑视波兰等国，图谋瓜分地盘的一些谈话。如 1939 年 8 月 23 日斯大林接见里宾特洛甫说："独立的波兰总归是欧洲长期不安的策源地"、"不值得保留……独立的波兰，应该完全占领它"。同年 9 月 7 日，斯大林在同季米特洛夫的一次谈话中称波兰为法西斯国家，说"在目前条件下，消灭这个国家就意味着减少一个资产阶级法西斯国家。"在德军已占领大部分波兰后，苏联向波兰东部出兵时，9 月 22 日，苏军和德军曾在布列斯特为"苏德兄弟的战斗友谊"举行了联合阅兵式。当希特勒发动的大战已在欧洲打响后，莫洛托夫于 1939 年 10 月 31 日在为批准苏德条约而召开的最高苏维埃会议上还发表了为希特勒思想辩护的讲话。1939 年 12 月斯大林 60 岁生日时，希特勒和里宾特洛甫曾致电斯大林表示热烈祝贺；斯大林回电感谢，并称颂"德国和苏联人民之间用鲜血凝成的友谊。"1940 年 4、5 月间，莫洛托夫对德国胜利进军丹麦、荷兰等西欧国家曾表示祝贺。德军侵入法国巴黎时，苏联驻法使馆一些工作人员曾向德军挥手表示欢迎。到 1940 年 11 月，莫洛托夫还率领了一个 60 人的庞大代表团去德国访问，受到了希特勒的接见，会谈的主题是讨论苏联能否参加希特勒起草的拉苏联参加德日意三国联盟的四国条约草案。莫洛托夫回国后还对德国大使说，如苏联的条件被接受，苏联准备接受四国条约草案。如果书中引用的这些材料都是实际情况的话，今天我们读到这些言论，不能不为之感到震惊，不能不为我们曾经崇拜过的"伟大的领袖和导师"斯大林当年竟会这样对待希特勒法西斯和德国侵略者，这样蔑视波兰等国家，不能不为他在 1941 年 6 月 21 日希特勒突然开始入侵苏联后的几天中陷入茫然若失状态而表示感叹。

作者对斯大林与希特勒接近的原因也提出了自己的分析，认为斯大林之所以要同希特勒签订那些条约，是因为希特勒同意把英法两国不能给他的东西给斯大林。还有苏联官方过去一直说同德国签约使苏联得以推迟战争，争取了时间，对此作者也提出了异议。他指出，这种说法是没有意义的，因为希特勒的计划是先在西线发起进攻，拿下西欧，不可能设想他一开始就会开辟两条战线，同时向苏联发动进攻。

书中关于苏联的第七任外交部长谢皮洛夫的叙述，对我们来说也是十分新鲜的。谢皮洛夫是赫鲁晓夫为改善苏南关系，于 1956 年铁托访问苏联前夕撤掉了反对改善苏南关系的外交部部长莫洛托夫而被任命为苏联外交部部长的。他从 1956 年 6 月 1 日到 1957 年 2 月升任苏共中央书记为止担任苏联外交部部长只有 8 个半月。

我们对谢皮洛夫其人所知甚少，只知道1957年10月赫鲁晓夫在反对莫洛托夫、马林科夫反党集团的斗争中指责他为"附和"反党集团的人。作者在本书第七章中详细叙述了谢皮洛夫的一生，为我们提供了揭示当时苏共党内生活和苏联政治生活的一个鲜明的剖面。作者认为，谢皮洛夫是苏联时代最值得注意的政治家之一。他拿谢皮洛夫与勃列日涅夫作了比较说，论文化素养、学识和人品等，谢皮洛夫比勃列日涅夫应更有条件成为党和国家的领导人。谢皮洛夫秉性刚直，作风正派，有独立思考能力和优良的口才。当李森科得到斯大林的支持而在苏联生物学界飞扬跋扈时，谢皮洛夫就敢于在斯大林面前直言李森科什么生物品种也没有培育出来，没有任何科学构想等事实。苏共20大后，谢皮洛夫因与莫洛托夫等人没有共同思想，并不支持莫洛托夫等人，在1957年10月苏共中央主席团会议上，当莫洛托夫、马林科夫等人向赫鲁晓夫发难时，谢皮洛夫只是根据他所掌握的实际事例，针对正在形成的对赫鲁晓夫的个人崇拜，真诚地对赫鲁晓夫提出了一些批评意见，其结果是在后来赫鲁晓夫在朱可夫将军的支持下召开的苏共中央全会上因他在苏共主席团会议上对赫鲁晓夫提过批评意见而遭到了中央全会与会者的猛烈批斗，被开除出党，并被赶出莫斯科，发落到吉尔吉斯共和国的经济研究所去做研究工作。书中引用的那次苏共中央全会上一些代表批斗谢皮洛夫的发言，读起来使人犹如听到了我国"文化大革命"中造反派在一些批斗会上针对被批斗者所做的发言。赫鲁晓夫由于找不出谢皮洛夫同莫洛托夫等有什么关系，所以只好给谢皮洛夫定罪为"附和"反党集团的人。一个敢讲真话、具有独立见解的正直的苏共中央书记，由此就十分坎坷地度过了他的后半生。

在叙述长达 28 年的葛罗米柯的外长生涯时，作者对苏联从赫鲁晓夫的后半期，到整个勃列日涅夫时期，直至后来短暂的安德罗波夫与契尔年科时期所经历的许多重大国际政治活动和事件都有相当详细的叙述。如1959 年尼克松访问莫斯科时与赫鲁晓夫进行的有名的厨房辩论，1960 年在苏联本国上空击落美国 U－2 间谍飞机后在巴黎四国首脑会议上赫鲁晓夫与艾森豪威尔的争吵，1960 年赫鲁晓夫出席联合国大会时作出的脱下自己脚上的皮鞋敲桌子的洋相，1962 年加勒比海导弹危机的细节，包括苏联运抵古巴的核武器的类型和数字，勃列日涅夫时期苏美核裁军谈判的一些细节，1979年苏联出兵阿富汗的决策内幕，等等。书中对后来戈尔巴乔夫时期的三个外长和苏联解体后俄罗斯的三个外长的出生经历、升迁经过、政策思想、工作作风和他们处理的一些外交事件也有详细的介绍。

以上说的本书的特点和略举的一些内容，想来可以说明，这本书具有较大的可读性，是值得一读的。

苏联解体后，我国社会各界，尤其是学术界，对总结苏联和苏共失败的原因和教训进行了很多思考和研究。苏联从斯大林时期开始推行的大国主义、扩张争霸的对外政策，和超越经济能力和不顾人民生活的扩军备战是促使苏联走向衰败的一个重要原因，苏联对外政策方面的教训无疑也是需要我们深入研究和总结的一个重要方面。本书在这方面为我们提供了许多有用的研究材料，至于作者对许多历史事件的看法是否都正确，这就需要读者自己来分析和判断了。我们向读者介绍这本书，也并不意味着我们都同意作者所表达的观点。

　　本书篇幅大，涉及的人和事纷繁复杂。我们在翻译中难免有错误和不准确的地方，我们热忱地欢迎读者给予批评指正。

　　（此文完稿于 2003 年 12 月 20 日，此书中文版由新华出版社 2005 年 1 月出版）

让历史和时间来裁决贝利亚的功过

——《我的父亲贝利亚》中文版"校后记"

　　本书作者谢尔戈·贝利亚授权新华出版社出版他写的《我的父亲贝利亚》一书的中文版，即将由新华出版社正式出版。这本书是作者写他的父亲贝利亚、他自己和他经历的苏联那个时代的一部回忆录，它把我们带回到了 20 世纪 40 年代和 50 年代初斯大林逝世前后苏联那段复杂、曲折、矛盾重重和尖锐的历史中去。

　　本书的译者是三位年轻同志，他们是王志华、刘玉萍和赵延庆同志。从译稿看，他们在翻译上做了很大的努力，所以译稿基础是不错的。新华出版社的编辑同志约请我将译稿再校对一遍。我欣然应允，一是因为我喜欢同年轻同志合作，二是感到编辑同志的盛情难却，三是想通过校对工作把这本书好好读一遍，了解一下贝利亚这个苏联历史人物和苏联当年的那段历史。经过几个月的工作，现在终于可算把这项工作告一段落了，我为此感到高兴。我感谢出版社给我提供的与几位年轻同志合作的机会，也填补我对苏联历史了解上的一个空白。

拉夫连季·贝利亚从 20 世纪 30 年代末到 50 年代初在苏联是斯大林周围的重要人物之一，他曾经是苏共中央政治局委员、苏联部长会议第一副主席、内务人民部部长和苏联元帅。可是在 1953 年斯大林去世后仅 4个月，在贝利亚本人还只有 54 岁的时候，他就突然遭到逮捕，并以叛国罪、为外国资本的利益进行的反国家罪被执行极刑——处决。直到 90 年代初的近 40 年来在苏联老百姓中贝利亚这个人或者早就已被淡忘（特别在年轻人中），或者只留下了是个叛徒和恶棍的形象。在我国，赫鲁晓夫的名字因为有过赫鲁晓夫时期中苏两党的大论战和在"文革"中抓过"中国的赫鲁晓夫"，因而倒是家喻户晓的，而贝利亚这个人则已像消散的历史烟云一样早已没有人再去注意了。

今年初我曾请来了一位对国际问题包括俄罗斯问题颇感兴趣的大学生帮助我修理电脑，我指着正在校对的这本书问他知不知道贝利亚这个人，他说这是第一次听到，过去从未听说过。对我国青年人来说，这是没有什么可奇怪的，终究苏共领导集团内部当年发生的那场来得十分突然的激烈斗争离开我们已经十分遥远了。

不过对年逾七旬的我们这一代人来说，贝利亚事件还是在脑子里刻下了难以遗忘的痕迹的。我还记得很清楚我自己于1953年3月斯大林去世后的4个月得知苏联党内发生这个惊人事件时的状态。那时我的思想中还真心实意地把苏联看作是我国建设社会主义的伟大榜样，自觉自愿地崇拜着"全世界人民的英明伟大领袖斯大林"，用今天的话来说还是心甘情愿地充当着斯大林个人迷信的"奴隶"。我为1953年3月5日伟大领袖斯大林的逝世而沉痛悲伤之余才4个月，突然从报上看到苏联共产党中央挖出了一个在斯大林身边埋藏了如此深的一个大叛徒，这不能不使我感到莫大的震惊。自叹自己阶级斗争的灵感太差，离掌握马克思主义的阶级斗争的精髓还非常遥远。这就是我当时的认识水平和思想状态。

为了帮助自己的回忆，我特意从图书室借来了1953年7月和12月的《人民日报》合订本来重温一下这段经历。打开7月11日《人民日报》一看，赫赫在目的就是当时从右向左直排的以《苏联共产党中央举行全体会议决定开除叛徒贝利亚出党》的大字标题的头版头条新闻，左面第二条新闻就是苏联最高苏维埃主席团关于撤销贝利亚的职务和将他的罪行案件提交苏联最高法院审理的决议。第三条是关于苏共莫斯科州和市委员会和党的活动分子大会热烈拥护苏共中央决定的报道。

左边上下通栏则是苏联《真理报》7 月 10 日社论："党、政府、苏联人民的不可摧毁的团结"。次日，7 月 12 日左边上下通栏发表了表明我们党对此事的态度的《人民日报》社论："苏联共产党的统一和巩固是全世界劳动人民的利益"。社论中指出叛徒贝利亚利用了斯大林逝世后帝国主义反苏活动猖狂的条件，暴露了野心家面目，企图进行夺取权力的冒险活动。社论号召我们要从苏联共产党对叛徒贝利亚的揭露和制裁中吸取重大的政治教训。到那年年底，《人民日报》于 1953 年 12 月 18 日也是在头版发表了"关于贝利亚叛国案件苏联最高检察署侦讯完毕，苏联最高法院组织特别法庭审理这个案件"的长篇报道。大家当时都知道贝利亚已被处决。此案既有苏共中央主席团和中央全会的同声声讨和一致决定，又有苏联最高检察署的侦讯和最高法院的法律判决，还有全国党的积极分子和广大群众的热烈拥护，贝利亚的叛徒、恶棍的罪名不是已经盖棺定论，哪还会有错？总之，我当时确实就是这样想的。

之后近 40 中，我虽然经历了中苏的大论战和分裂，也知道了苏联出版的党史上有不少不真实的地方，但始终还没有触动过贝利亚案件在我脑子里的印象。只是在 20 世纪 90 年代上半期看到过俄罗斯报纸上说到贝利亚在苏联研制核武器方面的贡献，我心中闪过一个问号：为国家作出了如此重大贡献的人会是叛徒吗？后来看了我国的电视连续剧《潘汉年》，也曾联想到贝利亚的外国间谍罪名是否也有可能是当时党的组织派他打进敌人阵营而后有关证人又不予承认呢？不过这些问题也只是在我头脑里闪了一下而已，这些年来一直没有机会把贝利亚其人其事作为苏联的一个历史问题来研究。

这次为了校对这本书终于得到了这个机会。我在阅读和校对过程中可以说深深地被谢尔戈·贝利亚在书中提供的大量鲜为人知的材料和内容所吸引，这本书好像给我展现了我 40 年前由于当时的各种原因而看不到和看不清的一幅令人震撼和悲叹的、也颇为发人思考的历史画卷。这本书的原著是在 1994 年出版的，算起来正是作者 70 岁那一年撰写的。看来这是作者在接近古稀之年，经过痛苦的深思，回顾他父母亲和他自己的一生，以及他所经历的苏联的历史变迁，倾注了全部心血而写出来的，想把他知道的一切都摆在读者面前，希望读者能看到复杂历史的实际情况。

但是我在校对过程中也曾有过一点疑虑：他一生在科技领域工作，就他当时的处境而言，是否有可能接触到有关的许多政治文件；他在家庭中同他父亲虽有很多接触，但除了在家中所谈之外是否有可能了解他父亲更多的情况；父子之情是否容易使他看到他父亲的正面多，而看到他的负面少。正在这时候，我得到了东方出版社出版的（俄）津科维奇著的《元帅和总书记》一书，其中第三部写的就是《贝利亚的一百天和整个一生》，还得到了新华出版社出版的（俄）姆列钦著的《历届克格勃主席的命运》一书，其中有两章写的也是贝利亚，即第五章《拉夫连季·帕夫洛维奇·贝利亚》和第九章《拉夫连季·帕夫洛维奇·贝利亚：第二次降世》。这两本书给了我很大的帮助。我想这两位作者与贝利亚一家既不沾亲又不带故，他们的叙述和评论应是比较客观的。于是我仔细把这两本书中的叙述和分析同谢尔戈的书作了对照，结果发现这三本书对贝利亚的看法在基本点上几乎都是一致的。这样，我释然了。

谢尔戈的书与其他两本书在以下三个方面的观点可以说是完全一致的：

第一、三本书总的都对贝利亚作了比较高的肯定评价。谢尔戈写道："我敢预言：……他（指贝利亚）终将以这样或那样的方式作为一个为自己多民族的国家和人民谋福利、为使自己的国家脱离极权主义轨道而奋斗终生的苏维埃时代思维健全的政治家而载入史册。"津科维奇写道："假如历史地、确切地说，贝利亚……是在某些方面具有先见之明的人。"姆列钦写道：在克格勃的所有领导人中，"只有贝利亚和安德罗波夫直到今天仍然令人真的感有兴趣，使人进行争论，让人觉得他们是丰富多彩的人物。虽然不如安德罗波夫，但是贝利亚在最近几年里也有了一批真心的崇拜者。或者说，出现在今天人们面前的是一位遭到诽谤和被不公正地描绘成血腥恶魔的重要政治家。"

第二、三本书都认为给贝利亚定的罪名都是缺乏根据和不能成立的。例如：

1. 说贝利亚早年在阿塞拜疆投靠过英国帝国主义支持的木沙瓦特间谍组织，此事没有证据。相反却有材料证明是由党组织派他进去参加这个组织的。

2. 说贝利亚是凶神恶煞的刽子手，是大规模清洗和镇压的罪魁祸首，这与事实不符。贝利亚到莫斯科出任内务人民委员是在1938年8、9月间，那时斯大林搞的大规模镇压高潮已经过去。不能把前面的账都算到贝利亚头上。他在任时镇压机器虽仍在转动，但他确实也纠正了克格勃机关的一些违法行为，他上任后被捕和被镇压的人有很大减少。

3. 说贝利亚企图投靠帝国主义叛国，没有事实根据。三位作者都用事实说明了贝利亚对苏联研制出原子弹和氢弹作出的巨大贡献，都认为很难想象一个想投靠帝国主义和叛国的人会为增加苏联的国防力量而作出如此巨大的努力。

4. 说贝利亚是个没有文化的粗鲁人，也不符合事实。贝利亚爱好音乐，喜欢绘画，兴趣广泛。莫斯科加加林广场大街两边的两栋在建筑设计上至今备受称赞的大楼，当年是按贝利亚提出的设计方案进行设计的。

第三、三位作者都认为贝利亚曾提出过很多改革思想，尤其在斯大林逝世之后。他们的立论根据所依据的就是现在俄罗斯已经解密公开的许多苏共中央的文件，包括 1953 年苏共中央专门为批判贝利亚而举行的 7 月全会的全部速记记录以及贝利亚档案中他早年自己写的履历材料等。特别是津科维奇的那篇文章实际上就是对那次中央全会上米高扬、赫鲁晓夫、伏罗希洛夫和其他许多中央委员对贝利亚的声讨发言的剖析、整理和综述。谢尔戈和姆列钦的书也从不同的方面和角度引用了这些文件材料。他们据此提出了一系列事实说明，贝利亚在苏联历史上应该有权利被称为"改革的先驱者"，他提出的改革思想比 80 年代中戈尔巴乔夫提出的改革思想早了30 年。三位作者列举的贝利亚的改革思想如下：

1. 贝利亚在斯大林逝世后第一个提出要反对个人迷信。米高扬在全会上批贝利亚"在斯大林死后的最初日子里就主张要反对个人迷信"，就是这一点的有力证明。贝利亚在斯大林逝世后即提议不要在群众节日游行时举政治局领导人的像，政治局接受了他的意见，所以1953 年五一节莫斯科群众游行时就没有举领导人像，贝利亚被捕后又恢复举领导人像。

2. 贝利亚主张实行党政分开，工业农业等经济问题要让政府去管，党不要多插手。他在斯大林生前就有这个主张，斯大林去世后更强调这一点。为此他在全会上被批判为不要党的领导。

3. 贝利亚在斯大林去世后就着手平反冤假错案，是他终止了所谓的"反革命医生案"，并发起组织了苏联 1953 年的大赦，从集中营和流放地释放了大批被判刑的轻微罪犯、儿童和妇女。为此他在全会上被批判为乱放刑事犯，有意识地破坏国家政局稳定。

4. 贝利亚认为波罗的海三国、西乌克兰和西白俄罗斯有自己的农业传统和特点，不能搞集体农庄。为此被批判为阴谋破坏苏联的集体农庄制度。

5. 贝利亚主张在苏联的民族关系上扩大加盟共和国的权限，多用地方民族干部，不要到处派俄罗斯族干部去当第一把手。为此他被批判为破坏苏联民族政策。

6. 贝利亚第一个提出苏联防御性炸弹已够多了，主张战后要缩减军费，多发展经济。

7. 贝利亚主张修好与南斯拉夫的关系。贝利亚战时在铁托的营地受到德军围剿时曾派飞机救过铁托，与兰科维奇也有过交往。他在全会上因主张与南斯拉夫修好关系而被批判为同铁托早有勾结。

8. 贝利亚在德国问题上认为两个德国的统一不可避免，对苏联最有利的做法是争取使德国成为一个中立的、对苏友好的统一国家，还认为在东德缺乏搞社会主义的条件，让东德与西德长期分裂对苏不利，苏联长期在那里驻军花费太大，苏联不宜背上东德这个包袱。

根据这三位作者的上述分析和论证，可以得出结论：赫鲁晓夫等人加给贝利亚的叛国罪是莫须有的，但贝利亚与他们之间在政策与政见上的分歧则是存在的。

　　这三本书的作者只在对贝利亚的错误的评价上有所不同。谢尔戈在他的书中承认他父亲也是有错误的，但在谈到强迫民族迁移、在卡廷森林中杀害波兰军官的悲剧和1939到1941年那几年苏联国内镇压行动等问题时，谢尔戈认为更多的责任是在党的上层，内务人民部所起的作用是有限的。而津科维奇等则认为贝利亚也有较大的责任，他还引用了贝利亚在强迫民族迁移上写给斯大林的几份电报。对历史人物的研究有这类评价上的不同，我想这也是很自然的。

　　看了这本书，我想在回顾苏联的这段历史时，我们头脑中很自然会提出一个严肃的问题：苏共领导集团当时为什么要采取这种手段来解决内部政见分歧，对这种历史现象该如何来解释，政见上的分歧与不同怎么会发展成突然逮捕、加罪、处决的悲惨结局？谢尔戈对苏联官方报道的贝利亚的被捕、受审和处决的情况是否真实，是存有疑问的。这些我们且不去管它。就按津科维奇根据当时《消息报》的报道作的分析，当时对贝利亚的审判和处决也是采用了苏联历史上最严厉的司法程序。这个司法程序是1934年12月1日为判处刺杀基洛夫的恐怖分子凶手而颁布的，规定审判进行时可没有旁听人，宣判后不得上诉，并立即执行。1934 年 12 月对刺杀基洛夫案的凶手尼古拉耶夫等是按此程序处决的第一批人。55 年后，此案当时被枪决的 14 人中，除杀害基洛夫的凶手一人外，后来为其他 13 人都平了反。贝利亚则是苏联历史上按此司法程序处决的仅有的第二个人。时隔近 20年，对一名昨日共事的同志和虽有错误但也有很大功绩的国家领导人，为何要如此残忍、凶狠？

谢尔戈在他的书中对这个问题作出了他的回答。他认为这是因为贝利亚看到斯大林留下的许多问题，建议召开一次苏共非常代表大会来讨论形势，总结经验和谈谈苏共中央主席团领导人大家的责任，用我们中国人的通俗语言来表述，贝利亚当时似乎有点"总结经验教训，拨乱反正"的想法。可谢尔戈认为，正是这一点触动了苏共党的上层权势集团的利益，所以他们对贝利亚必欲除之而后快。谢尔戈还提出了民族因素的作用，他觉得赫鲁晓夫等人在斯大林之后再也不能让第二个格鲁吉亚人成为苏联的最高领导人。这个观点对我们来说倒是一个很新鲜的观点，可为我们研究苏联的民族关系打开一些思路。

谢尔戈和其他两位作者的回答没有到此为止。他们还联系到了后来苏联发生的党内斗争。事实上从斯大林逝世后苏联领导集团内部权力斗争发展历史来看，贝利亚案件只是一个开端。1953 年同赫鲁晓夫团结一致站在一起整倒了贝利亚的马林科夫、莫洛托夫、卡冈诺维奇等人到 1957 年不是也站到了"反党集团"的被告席上吗？而 10 年之后，到 1964 年 10 月，叱咤风云的赫鲁晓夫不是也被迫因"健康原因"而辞职下野了吗？所不同的是贝利亚掉了脑袋，而赫鲁晓夫还被允许领养老金。他们还把贝利亚和赫鲁晓夫的被处理过程作了一些有趣的对比。1953 年 6 月在东德发生工人罢工事件时，贝利亚被派去处理此事，而这正是赫鲁晓夫等在莫斯科"策划于密室"之时。等到贝利亚回莫斯科时，是米高扬到机场去迎接他，并通知他第二天到克里姆林宫开会，结果贝利亚就在这次会上遭到逮捕。1964 年 10 月，赫鲁晓夫在黑海边休假，这也正是苏斯洛夫、谢列平等在莫斯科"策划于密室"之时，他们让同一个米高扬打电话通知赫鲁晓夫回莫斯科出席政治局会议，结果赫鲁晓夫就在会上丢了乌纱帽。

我们循着这条线索再往下看还可发现，贝利亚和赫鲁晓夫下场的阴影在苏联领导集团内部并未到赫鲁晓夫的下台就消失。俄罗斯历史学家麦德维杰夫写的勃列日涅夫传中说勃上台初期经常担心自己是否会遭遇赫鲁晓夫同样的命运，后来在他拿掉了谢列平和波德戈尔尼等人，并营造了他的第聂伯罗彼德罗夫斯克和摩尔达维亚帮后才稳坐了 18 年，但却使国家付出了陷入停滞的沉重代价。直到戈尔巴乔夫担任苏共的末代总书记时，赫鲁晓夫下台的阴影仍然跟随着他。俄罗斯有不少回忆文章描绘了戈尔巴乔夫也时常有自己的权力宝座是否会塌陷的担心。这里人们恐怕不禁要问，为什么苏共这样一个历史悠久的党在列宁之后的几十年中始终未能建立起一套正常地、文明地解决党内不同政见的民主与法治的体制与程序，总是靠少数几个人"策划于密室"的"宫廷政变"式的方式来处理权力交接问题，这种体制或制度符合马克思主义和社会主义的原理吗，这里是不是也潜伏着导致苏共和苏联后来发生剧变的深层次原因呢？总之，我觉得谢尔戈的《我的父亲贝利亚》这本书以其丰富的内容和材料确实可以帮助我们了解和研究苏联这段历史并引发我们思考许多问题。

但在阅读本书的时候，我觉得我们对作者的思想有一点是需要明确的。那就是他写这本书是从他亲自生活在其中的苏联的历史现实提出问题和分析问题的。从他的一生看，他无疑是一个赤诚的爱国者，他热爱人民，热爱苏联，虽处逆境，仍为苏联的国防事业和科学事业贡献了一生。他说赫鲁晓夫的儿子移居去了美国，国外有不少科研机构曾多次邀请他出国，但他仍认为自己应留在国内。他的这种态度曾得到安德罗波夫的赞许。从他的一生来看，他也不是反对社会主义的。所以，我觉得当我们看到他在书中提到对"社会主义"和"制度"的控诉时，应该把它解读为他指的是他所体验的苏联的那种具体的，或者用我们的话来说是那种被扭曲了的社会主义制度，而不是一般意义上的社会主义制度。

还须指出的是，今天在俄罗斯学术界和一般群众中对贝利亚还是存在着不同看法的。如何看待这一点，我觉得本书俄文版出版说明中最后一段话说得很好。它说，"很自然，并不是所有人都能在同等意义上接受谢尔戈的评价和结论。但读者应该承认，每个人都有权利表达自己的观点，用自己的方式来认识时代和各种事件。《我的父亲贝利亚》这本书的作者正是使用了自己的权利来谈论他自己的父亲、自己和过去那个时代的真实情况。这本书是否人人看了都觉得真实，就让时间来裁决！"我很赞成这个看法，因此，书中谈及的贝利亚的功与过、是与非当如何论定，也正如许多历史人物与历史事件一样，最终恐怕只能让历史和时间来裁决。

本书作者在书中写的致中国读者的话，虽只有短短几句，但情真意切，他表达了对中国的巨大热情和寄予的深厚希望。遗憾的是他已于去年 10 月去世，没能在生前看到他这本书的中文版的出版。他如地下有灵知道本书中文版的面世，知道他父亲的真实历史面貌将被越来越多的中国读者所了解的话，我想他是一定会含笑于九泉的。

（此文完稿于 2001 年 3 月 12 日，此书中文版由新华出版社 2001 年 6 月出版）

19 世纪以来俄国—苏联—俄罗斯
曲折的现代化和改革

—— 《苏联现代化的道路为何如此曲折》中文版
"译者的话"

本书是作者安德拉尼克·米格拉尼扬把他最近 10 多年来在他的国家——苏联和俄罗斯经历巨大转折性变化的这些年中所写的专论和政论文章汇集在一起的一本文集。全书主要包含两方面的内容:一是对俄国 19 世纪以来走向经济和政治现代化的曲折历史道路的思考,探讨为什么这个国家多次开始的现代化进程每次都遭到失败,而不得不在几十年后重新回头来开始这个进程的原因。二是对最近 15 年中戈尔巴乔夫改革和叶利钦改革的进程和失败的分析和评论。今年正好是苏联解体的 10 周年,在世纪之交普京总统接过叶利钦的遗产上台执政后,俄罗斯又处在一个新的历史转折点上。我们希望，当我们现在回顾和研究俄罗斯这段不寻常的历史的时候，这本文集对我们进一步了解苏联和俄罗斯这段历史并总结其经验教训会有所启发和帮助。

本书作者安德拉尼克·米格拉尼扬是当今俄罗斯著名的政治学家。他 1949 年出生于亚美尼亚的首府埃里温。从 1967 年到 1982 年，他曾先后就学于国立莫斯科国际关系学院（1972 年在该校获硕士学位）和苏联科学院国际工人运动研究所研究生班（1978 年在该所获博士学位），学习的专业是美国政党和政治体制问题以及社会主义和国际社会民主主义问题。1990－1991 年，他曾应邀到美国哥伦比亚大学哈里曼研究所、加利福尼亚州的圣迭戈大学、伯克莱大学和斯坦福大学做访问学者。

米格拉尼扬的职业生涯是从在高等学校中执教开始的。1985 年起他到苏联科学院世界经济和国际关系研究所做研究工作，1988 年又转到苏联科学院国际社会主义体系经济研究所做研究工作。1991 年成为莫斯科国际关系学院政治学教授。1992 年曾任俄罗斯议会独联体问题委员会首席顾问和独联体问题研究中心主任。1992－1993 年曾任俄联邦最高苏维埃外交委员会高级顾问。1993 年曾任俄罗斯联邦总统委员会成员。从1994 年底起，应经济和社会改革国际基金会主席沙塔林的邀请转到该基金会工作，担任基金会副主席。

米格拉尼扬历年来著作甚丰。1990 年以前，他曾在一些学术刊物上和集体著作中发表过一系列论述西方国家的政治和思想问题的论文和篇章。从 1986 年起他把主要精力用于研究苏维埃制度的性质和这一制度向民主化的转型问题。1989 年他出版了《民主与道德：个人、社会和国家》一书，该书是当时苏联政治学著作中第一部探讨国家和公民社会的相互关系以及如何在社会主义范围内发展公民社会问题的论著。从 90 年代初以来他是俄罗斯一些有名报刊的撰稿人，发表了大量的政论和时评文章，成为当前俄罗斯很有名的政治分析家和评论家之一。1997 年他出版了《探索自我特性中的俄罗斯》一书，今年还出版了《俄罗斯能从混乱走向秩序吗?》一书。他在这两部书中分析了苏联和俄罗斯最近 15 年急剧发展变化的历史，论述了苏联解体的原因和俄罗斯 10 年来政治进程的戏剧性发展。

　　我们这本译著主要是根据作者于 1997 年出版的《探索自我特性中的俄罗斯》一书翻译而成的。但现在的中文版与 1997 年的俄文版相比增加了不少新的内容，篇幅上也有了扩展。这是因为 1997 年出版的俄文版中作者论述问题的时间范围上截至 1995 年，我们在翻译时觉得从 1995 年到 2000 年俄罗斯的形势又有了许多新的发展和变化，而作者在这 5 年中也发表了不少新的政论和时评，今天在出版此书中文版时应把这些新材料增补进来，以增加本书的时代感和新鲜感，同时也需要请作者根据今天的形势来改写 1997 年版的结束语。作者根据我们的要求欣然给我们寄来了大批新材料供我们选用，还重写了结束语。我们限于本书的篇幅，也为了使全书更加精练，便于阅读，未把作者寄来的新材料全部选用，同时也删除了俄文版中原有的个别在内容上已显得有些过时的文章或文章中的某些部分。这些情况是需要在这里向读者说明的。

我们觉得，本书虽然是一本论文集，但是由于主线比较集中，所有论文和评论都是围绕俄国—苏联—俄罗斯的现代化和改革这个中心的，又是按历史时序编集的，所以在内容上仍有较强的系统性和连贯性。而且本书还有以下三个比较明显的特点：

一是具有历史的深度。作者说，他从 20 世纪 80 年代下半期以后曾对俄罗斯几个不同历史时代的命运进行过长期的思考，从俄罗斯的历史和文化特点的视角审视了俄罗斯近 200 年政治发展史中的各个重要阶段，力图弄清楚俄罗斯走向现代化的道路为何如此曲折艰难，并总结应从历史上吸取的经验教训。

二是具有从世界各国的历史比较中来看俄罗斯问题的广度。作者不但从俄罗斯本身的历史发展中，而且还通过同英国、美国、法国等西方国家走的现代化道路的对比中来审视俄罗斯走向现代化的历史命运，以图寻找实现现代化的一些一般性规律，并从中思考俄国多次开始的现代化进程所以遭到失败的原因。作者从这种比较中归纳出了三条现代化道路：一是英国的现代化道路，二是法国的现代化道路，三是俄国和苏联的现代化道路。

本书第一部分中收入的几篇专论就是作者论述上述两个方面内容的，写于 1987 年前后，这些论文是作者对俄罗斯 200 年的历史进行思考的结果，反映了作者对苏联和俄罗斯应走什么样的现代化道路的基本看法。第一部分中最后一篇文章则是作者论述戈尔巴乔夫改革失败的原因的。作者在戈尔巴乔夫开始改革时曾对这次改革寄予很大希望，认为它是苏联改变俄国过去的历史命运，实现现代化的良机，但是从 1989 年戈尔巴乔夫开始政治改革后，作者就认为他犯了改革战略上的错误，将使权力失控，使改革遭受失败。

本书的第三个特点是具有很强的现实性。收集于本书第二部分和第三部分中的文章都是论述 1985－2000 年间苏联和俄罗斯政治变革中的现实问题的。作者亲自经历和参与了这 15 年先是苏联、后是俄罗斯的变革。他对 10 多年政治变革各个阶段中的主要事件都有自己的看法和评述，他对戈尔巴乔夫和叶利钦时期的外交政策持有相当强烈的批评意见。这些文章有助于我们了解俄罗斯 10 年中政治变革经历的几个主要阶段的特点，各个阶段中发生的一些主要事件的背景和过程。其中有的文章也涉及俄罗斯的社会文化现象和社会特征问题，例如平民主义、知识分子特点、民族关系等。

按照作者的看法，今天俄罗斯学术界在对待俄罗斯的现代化道路问题上，可粗略地分为三派。一派坚持俄罗斯的特殊发展道路思想，对西方和改革持激烈的批判态度，反对民主化和市场经济。另一派为激进自由派，主张以最快的速度把西方的自由主义价值观和机制移植到俄罗斯土壤上来，并实行最快的市场经济改革。第三派也主张在俄罗斯建立民主政治体制和市场经济，但认为这个过程需要很长的时间，需要保持国家的可控性，推行经过深思熟虑的改革方案。作者认为他自己属于第三派。

作者的基本观点是一些西方国家的经济和政治现代化是经过了几个世纪的时间实现的，英国形成比较稳定的现代民主制度经历了约 500 年的时间，法国在法国大革命后经历了约 150 多年的反复才使社会关系得到调整，使社会多数在价值观上取得认同感，从而形成了现在的政治制度。一个国家顺利实现现代化的关键是在政权的有效作用下处理和协调好国家、社会和个人的关系。他认为俄罗斯历史上有四个因素阻碍它实现现代化：一是农奴制（俄国时期）和公民的无权（苏联时期）；二是只突出国家，而无视社会和个人，国家就是一切，国家吞噬了社会和个人；三是官僚阶层掌握全权，官僚垄断了政治社会生活；四是文化上的自我封闭和孤立，不能吸收和消化世界文化，不能形成在本国文化和世界文化相结合的基础上具有自身特性的文化。

作者认为像苏联这种极权主义制度，在改革中要分两步走。第一步必须经过权威主义阶段，然后才能过渡到民主政治阶段。对俄罗斯社会来说，权威主义并不比庸俗的民主化可怕，它可能是一剂苦药，但却是通向民主的一座桥梁。他认为企图一步就走到民主化，就必然会出现政治势力的两极化，导致国家的失控和混乱。

米格拉尼扬的这些思想观点，在1988—1991年间曾在苏联政治界和知识界引起过热烈的争论，至今在俄罗斯思想界仍然是有争论的。不过从苏联改革的实际过程来看，他却是较早地看到苏联那样搞改革必将出现政局的失控和混乱的一名学者，80年代末以后苏联的局势发展和联盟中央的垮台都不幸被他所言中。

米格拉尼扬直至今天仍坚持他自己的观点。他认为，普京担任俄罗斯总统后，同样面临着如何选择俄罗斯的发展道路问题，俄罗斯还没有跨过前进道路上的岔路口，它已接近于，但还未冲破俄罗斯发展的怪圈，俄罗斯200年来在走向现代化道路上所遇到的那些阻碍因素仍是有待克服和解决的问题。

作者10多年来对中国的改革一直很关心，并抱有热情肯定的态度。他认为邓小平的"摸着石头过河"的思想是正确的；他赞赏我国在发挥国家和党的积极作用的情况下渐进地进行经济和政治体制改革的做法；认为俄罗斯需要学习中国的改革经验。读者在他写的"致中国读者"的话中和本书的有些文章中，都可以看到他在这方面的一些观点。

参加本书翻译的有徐葵、张达楠、张树华、李方仲、宋锦海、黄天莹、肖桂森、李永庆、李禄、刘显忠、许华和张红等同志。全部译文由徐葵和张达楠二人共同做了校对。由于翻译和校对的时间都比较紧，所以错误在所难免，尚祈读者批评指正。

（此文完稿于 2001 年 10 月 6 日，此书中文版由新华出版社 2002 年 1 月出版）

俄罗斯实现现代化与发展公民社会的关系

—— 《俄罗斯现代化和公民社会》中文版"译者的话"

    本书作者安·米格拉尼扬是俄罗斯著名的政治学家。2001 年 11 月新华出版社出版了米格拉尼扬的第一本中文版著作《俄罗斯现代化之路——为何如此曲折》。我为那本书写的"译者的话"中对作者的情况做了比较详细的介绍，这里就不重复了，读者如需要了解，可翻阅一下那本书里的介绍。

    本书是作者提供新华出版社翻译出版的第二本著作，同第一本著作可以说是姐妹篇。本书同作者的第一本著作一样，也是把他近 20 年来写作的学术论文和政论文章按主题内容辑集在一起的一本文集。就内容来说，第一本著作论述的主要是俄罗斯的现代化问题，论述到现代化的一般规律和俄罗斯 200 年来所走过的现代化的曲折道路及其教训。这本著作的重点则是探讨俄罗斯现代化过程中在政治领域的公民社会问题。作者的根本观点是，任何国家的现代化都是与公民社会的形成和发展密切相关的，现代化必须在公民社会的基础上才能实现和巩固，在政治层面上现代化的发展过程也就是公民社会的建立和成熟的过程，而公民社会能否得到发展和成熟，又取决于能否正确处理个人、社会和国家这三者的关系。

本书由三个部分构成。第一部分中辑集的是作者在苏联 80 年代改革时期写的 3 篇论文。第一篇曾于 1989 年在苏联以小册子的形式出版，当时这本小册子可以说是苏联政治学著作中第一部探讨个人、社会与国家三者的关系，研究国家与公民社会的相互关系以及如何在社会主义范围内发展公民社会问题的论著。这本小册子的出版当时曾引起不少国家学术界的注意，在美国、日本等国家很快就被翻译成本国文字出版。第二篇则是论述苏联于 1988 和 1989 年开始进行的政治改革的。第三篇是论述革命激进主义问题的。作者在为本书写的《致中国读者》的序言中说，他在本书中涉及的问题中，最重要的也许就是对古代、近代与马克思主义政治理论中关于个人、社会与国家之间的关系的分析；社会政治制度的任何有成效的现代化在很大程度上都取决于正确地确定个人、社会与国家之间的相互关系的性质，尤其是取决于公民社会的成熟程度。作者在这几篇论文中比较系统地考察了世界政治思想在个人、社会与国家的关系这个核心问题上从古代，到近代，到马克思主义的发展变化的历史，也考察和分析了十月革命后苏联政治体制中这三者关系的状况，指出由于那些主客观的原因在苏联30 年代定型的政治制度中国家吞没了社会和个人，公民社会的发展受到了压制，苏联的政治制度背离了马克思主义的政治理论。作者也提出了改革苏联这种极权主义政治制度的途径和方法。在这几篇论文中，作者提出的许多材料和观点是颇值得我们注意和研究的。例如：

其一，对分权制衡制的来历的考察。不熟悉西方政治史的人往往以为分权制衡制度是西方资产阶级创造的，是资产阶级政治制度的产物。但历史事实并非如此。作者根据史料说明，分权制衡制是罗马人在古罗马时代创造的，远在世界上诞生资产阶级之前。他说罗马人建立了在几个世纪的长时期中使罗马保持了世界大国地位的政治机构，其政治发展的基础就是他们在某个时候发现的制衡机制，这种机制结束了希腊城邦把全部权力都集中于一个中心、某个机构、某个社会阶层或阶级的做法。在罗马，权力是分散于不同的社会阶层或阶级之间的，他们这样构建权力，防止使权力集中在一个中心，从而保持了社会的长期稳定。后来资产阶级采用和发展了罗马人发现的这种制衡机制。从古代到现代的政治史告诉我们，凡是权力制衡机制贯彻得较好的国家，这个国家就比较稳定，发展就比较快，权力制衡机制具有这一机制所固有的一系列带有普遍意义的内在特征，它不是哪个阶级或哪种社会制度的专利品，而是人类政治文明的产物，在任何政治制度的框架内采用这种机制，不论是在古代，还是在近代，都可保持政治进程的活力。作者根据苏联的实际指出，苏联政治体制中极大的弊病就是没有权力的划分，没有制衡机制，而是把权力都集中在一个中心，这导致最高领导人，利用集中于他手中的权力和在他之上没有任何来自社会的监督的状况，实际上变成了唯一的权力支配者，其结果是苏联不仅出现了斯大林的全面专权，而且出现了他的个人迷信。

其二，对巴黎公社的经验的看法。苏联的政治思想和政治理论过去都认为巴黎公社的经验具有普遍意义，米格拉尼扬对此提出了不同的看法。他认为，巴黎公社的运作原则接近于城邦民主原则。在危机形势下，在被围困的城市中有限人数的参加下，在很短一段时间内，巴黎公社得以实现个人、社会和政权机构结合的政权组织原则。在已形成的这个有机的城邦中，个人、社会与国家好像重又结合在一起了，在代表制政权组织形式中会产生的这三者的矛盾在巴黎公社中好像都解决了。这

106

就使后来的革命者容易崇尚这种在特殊条件下产生的经验，而把人类数千年来为改进有效的政权，防止把权力集中在一些人手中，保证个人的权利和自由，改进个人、社会与国家之间的相互关系而积累的全部经验都当作无用的垃圾而加以抛弃。苏联在国家政治组织中走的就是巴黎公社的道路，把在特殊条件下出现的具体经验当成了普遍经验，并把它推广到了整个国家。

其三，苏联建立的苏维埃制度在政治体制上存在内在的逻辑矛盾。作者认为，苏联在采用苏维埃这样的政治组织时既有按照巴黎公社经验实行直接民主的用意，但在苏联这样一个大国中又不得不采用代表制民主的形式，结果形成的政治制度既不是直接民主，又不是正常的代表制民主，在体制上就存在着内在的逻辑矛盾。其结果就是使以表达全民公意为己任的各级苏维埃变成了一年开几天会通过执行权力机构起草的法案和各种决议的"橡皮图章"，使民主制成了徒有其表的形式主义的东西。

其四，权力的异化问题。作者在他的这些论文中多处讲到了权力的异化问题，也就是国家的官员"从人民的公仆变成人民的主人"的问题。他指出苏联由于公民社会的不发达，国家吞没了个人和社会，不受个人和社会的监督，国家权力在几十年的发展过程中已严重地异化于人民。他警告说，苏联的"政权机关，虽然也具有响亮的名称，具有民主的外部标志，实际上不为人民所关注。全面的异化已达到了这样的程度，以至于（比如说），在一个美好的一天，假如这些苏维埃被解散的话，那时恐怕谁也不会对此表示关心和注意。"这句话是作者在写书时的 1988 年前后说的，三年后（1991 年）苏联解体时苏联广大人民对苏维埃政权采取的漠然态度恰恰证实了他的预言。现在虽已时过境迁，但历史事实说明了，社会主义国家的政权会不会异化的问题已不是一个抽象的理论争论问题，而是怎样从苏联的失败中认真吸取教训的实际问题。

其五，社会是个有机体，社会变革必须有步骤地、渐进地进行。在社会变革问题上，作者接受托克维尔、伯克、洪堡和波普尔等政治学家的有机保守主义观点，反对革命激进主义。在《托克维尔和陀思妥耶夫斯基》一文中，作者对比了这两个人物以政治理论和文艺的不同形式对法国大革命和俄国革命中出现的革命激进主义所进行的反思，他们共同的思想是认为走乌托邦式的社会工程之路，即走彻底砸烂和完全否定现存的社会制度，根据抽象推断出来的公式建立一种全新制度之路，势必会导致与革命者的初衷相反的结果。作者在这一部分的第二篇论文中则提出了他对苏联应该如何从极权主义向民主制过渡的看法。他认为从极权主义制度向民主政治的过渡不可能一蹴而就，中间必须经过权威主义的阶段，权威主义政权应该在这一阶段中一方面保持社会的稳定，同时致力于建立民主政治机制，促进公民社会的发展，改革的领导者如果采取错误的战略步骤，就会导致社会的混乱，失去对社会变革的局势的控制，使改革招致失败。

其六，对马克思主义政治理论的诠释。作者认为，马克思主义的政治理论的主旨是要消除自主的个人同社会与国家的对立，克服资本主义社会中存在的这三者的对立现象。《共产党宣言》中明确提出的"每个人的自由发展是一切人的自由发展的条件"这一思想所强调的，是个人与社会和国家的发展之间的辩证关系。马克思主义的经典作家在这里根本没有想到，后来人们会把这个公式理解和解释成要个人无条件地服从于社会与国家。可是遗憾的是，以后在苏联形成了一种悖理的局面：科学共产主义的理论号召根据各个具体的人的需要与愿望来建设新社会，而在苏联的社会主义条件下这个理论本身却已不再去关心现实的、具体的、个别的人的问题，把人变成了抽象的人。同时在实践中，在缺乏机构化的公民社会的情况下，个人与社会都被国家吞没了。

本书这一部分的三篇论文中论述的问题和提出的观点当然不止这些，这里不过是举例而已。作者的观点是否都正确，我们可作出自己的分析和判断。但有一点是可以肯定的，那就是这些论文对苏联的政治体制及其改革的分析和论述对我们深入了解和研究当年苏联的政治体制问题和政治改革中的失误，无疑是会有帮助的。今天我们正面临着在经济体制改革和经济发展取得举世瞩目的成就的情况下积极推进政治体制改革的严肃任务，加深对苏联政治体制及其改革方面的情况和教训的研究，对我们具有更现实的参考借鉴意义，这就是我想在这里把本书第一部分的内容向读者多作一些介绍的原因。

本书第二部分中辑集了作者在普京总统执政后这几年中写的 10 篇论文、时评、访谈录和研讨会上的发言，涉及当前俄罗斯政治体制和政治生活中的许多情况和问题，阐述了作者本人对这些问题的分析和看法。作者对普京现象也作出了他的分析。作者对叶利钦执政时的所作所为基本上持批评的态度，对普京执政后采取的加强国家的主体性和功能、理顺垂直权力体系、拉开与寡头的距离等政策和做法都持肯定和支持的态度，但对普京的对外政策也提出了不少批评意见。作者在论述今天俄罗斯的政治体制和改革时仍把公民社会问题作为一个主要问题，他认为没有公民社会的发展，俄罗斯不可能有真正的民主政治，也不可能实现现代化而跻身于世界文明国家之列。

本书第三部分中收集的是米格拉尼扬担任副主席的

俄罗斯"改革"基金会政治研究部的课题组在他领导下写的有关俄罗斯当前政治制度方面的 5 个研究报告，内容涉及俄罗斯政治中的国家主体性问题、俄罗斯族人因素问题、反对派问题、国家意识形态问题和大众媒体问题等 5 个方面。这些研究报告在政治学上都有一定的学术价值，在对俄罗斯各方面政治情况的叙述和分析上也都有丰富的内容、翔实的材料和比较客观的分析。这些研究报告对我们具体了解当前俄罗斯的政治组织和政治机构的运作和变动是会有不少帮助的。

最后还应说一下的是作者对我国和我国人民是十分友好的，他对我国改革开放的经验有很高的评价，他认为我国改革开放的经验对俄罗斯也有重要的参考价值，他祝愿我国在经济改革和政治改革中都取得巨大的成就。从他为本书写的《致中国读者》的序言和收集在本书中的《我们虽然不是中国人，但仍然……》一文中，读者是可以感受到他这种感情的。

从翻译角度来说，本书涉及政治理论和政治体制的面比较广，问题比较多，有一定的难度，译文和译注中难免有不准确和错误之处，我们衷心欢迎读者批评指正。

（此文完稿于 2003 年 7 月 20 日，此书中文版由新华出版社 2003 年 11 月出版）

1985－1990 年底苏联和俄罗斯政权的更迭

——《权力的公式：从叶利钦到普京》中文版 "译者的话"

本书作者列昂尼德·姆列钦是俄罗斯当前一位有名的新闻工作者、电视节目主持人和作家。他生于 1957 年，从莫斯科大学新闻系毕业后就长期从事新闻工作和写作工作。从他的年龄来推算，他在迄今的生涯中经历了赫鲁晓夫时期（7 岁以前）、勃列日涅夫时期（23 岁以前）、安德罗波夫与契尔年科以及后来的戈尔巴乔夫时期（34 岁以前）和 90 年代的叶利钦时期。他的主要工作经历看来是与戈尔巴乔夫上台后在苏联的 6 年执政年代和苏联解体后叶利钦在俄罗斯近 10 年的执政年代联系在一起的，也就是说与苏联和俄罗斯近 15 年来发生的急剧变化和巨大动荡这段时期紧密相连的。

姆列钦于 1991 年开始任《新时代》杂志副总编辑，后任《消息报》副总编辑；从 1994 年起在做报纸工作的同时兼任俄罗斯电视台《事实》节目的主持人；1997 年他辞去了《消息报》副总编辑的职务，担任俄罗斯电视台《全球》节目主持人，后又担任“电视中心”《任务档案》节目的主持人。这是一个专门介绍俄罗斯任务情况及其历史背景的电视节目，据说这个节目在俄罗斯颇受电视观众的欢迎。作者还是俄罗斯作家协会的成员。

　　看来一方面是由于姆列钦相对而言还属于年轻一代的新闻工作者和作家，他主持的电视节目又主要是面向俄罗斯国内观众的节目，另一方面是因为这些年俄罗斯政坛风云多变和人物浮沉迅速，往往令外国人实在目不暇接，难以跟踪，所以姆列钦的名字在我国还不是很熟悉。值得高兴的是，他有三本著作已经或即将译成中文在我国出版发行。第一本著作《普里马科夫的仕宦生涯》，它的中文版已在今年 1 月由新华出版社出版。另一本著作也即将由新华出版社出版，书名是《历届克格勃主席的命运》，写的是从捷尔任斯基到普京 20 多位克格勃主席的生涯和命运。第三本就是本书。相信随着这几本书的中文版的出版发行和其他方面的介绍，我国读者将有可能逐渐了解和知晓姆列钦其人。

　　本书的题材和写作颇有一些特点，值得在此作些简要的介绍。从本书的书名《权力的公式》看，似乎这是一本探讨政治权力问题的政治理论著作，其实这是一部叙述苏联和俄罗斯从戈尔巴乔夫到叶利钦和从叶利钦到普京这15年风云变幻、曲折跌宕的历史的书，是以介绍俄罗斯总统叶利钦从苏共斯维尔德罗夫斯克州委书记走到俄罗斯总统的权力顶峰这条充满着错综复杂的起伏和斗争的道路为主线展开的。作者着眼于从他的国家中的权力的表现、运行、得失与变迁和老百姓对待权力的心理的角度来透视苏联和俄罗斯在这15年中的全部历史过程，并揭示参与这个过程的形形色色的历史人物的各种面目。作者在书中为我们提供了许多我们还不知道的或知之不详的历史材料。比如说，1991年12月叶利钦、克拉夫丘克和舒斯凯维奇三个斯拉夫人宣布苏联解体别洛韦日协议究竟是怎样搞出来的？又如，原属同一阵营的叶利钦总绨和鲁茨科伊副总统以及哈斯布拉托夫议长在叶利钦取得政权后怎么会变成以总统为一方，以副总统和议长为另一方的敌对的两方，而在1993年10月不得不以炮打白宫的武力方式来解决双方的矛盾的？还有许多同苏联和俄罗斯这段历史有关的，包括对我们来说还像谜团一样不易弄清楚的情况和问题，作者都在书中作了相当详细的叙述和描写，从而为我们提供了很多了解情况和研究问题的材料和线索。

这本书的写作方法也有它的特点。作者的写作是以

115

直接引用 15 年来发生的各种事件当事人的回忆和作者对他们的访谈为基础的，并按历史过程分篇分章加以编纂，同时进行一定的评述。书中从头到尾都有大量的引语，但读来都并不使人厌烦，反而觉得十分生动。作者对人物的描绘和刻画尤其有一些独到之处。例如对戈尔巴乔夫、利加乔夫等苏共中央政治局成员和当时的其他有关人物，对叶利钦总统和这些年在他周围的一系列人物的历史背景、性格特征、工作作风和他们之间的相互关系等的描述都比较具体细致和生动形象。

全书共分 5 篇 19 章 201 节。为了读者阅读的方便，这里可把各篇涉及的主要内容和问题简单提一下。

第一篇作为开卷，作者在这篇中采用倒叙手法，先讲了 1999 年底叶利钦决定提前辞去总统职务和普京当选为新一任总统这一出人意料并为叶利钦赢得了作者称之为"在历史上的地位"的历史事件，同时也介绍了普京的生平简史。往下全书就按历史时间顺序展开。

第二篇叙述了叶利钦的家庭出生、童年和青年生活、在斯维尔德洛夫斯克的工作经历；讲到戈尔巴乔夫和利加乔夫怎样把他调到莫斯科任政治局候补委员和莫斯科市委第一书记；后来叶利钦又怎样同利加乔夫和戈尔巴乔夫等发生了矛盾，使他起来造反和被迫辞职。作者披露了双方在苏共中央书记处、政治局和 1987 年中央全会上互相进行交锋和斗争的许多细节。这是叶利钦的第一次上升和第一次遭贬。

第三篇是沿着 1988 年叶利钦和戈尔巴乔夫之间的矛盾和对立的发展以及他们在莫斯科和全国群众中的威望的消长而展开的。叶利钦在 1989 年后东山再起，他竞选苏联人民代表大会代表成功，并成为民主派的首领，1990 年又当选为俄罗斯最高苏维埃主席，后又当选为俄罗斯第一任总统，他在群众中的威望越来越高。而戈尔巴乔夫虽然作为苏共总书记，还当上了苏联总统，可他的威望却越来越下降，在同叶利钦的较量中一步一步走下坡路。1991 年的"8·19 事件"成为历史的转折点。作者在这里详细叙述了"8·19 事件"的经过，"8·19 事件"后苏联和俄罗斯的局势，还详细介绍了 1991 年 12 月决定苏联解体的、在别洛韦日松林中举行的俄罗斯、乌克兰和白俄罗斯三方首脑会晤的情况。

第四篇写的是叶利钦在俄罗斯执政后 90 年代上半期俄罗斯的政治和经济情况，叙述了盖达尔的休克疗法造成的震荡和困难，民主派当权后出现的分裂，总统、政府、议会之间的矛盾的发展和 1993 年 10 月叶利钦决定炮打白宫的来龙去脉。还叙述了叶利钦击败了对手，大权独揽之后，他本人的变化和他周围的班子中展开的各种争夺权力的斗争。

第五篇写的是 1995－1999 年这段时间中俄罗斯发

生的各项重大事件。首先讲了第一次车臣战争的缘由和经过，点到了车臣战争和叶利钦竞选总统的关系。第二是详细叙述了 1996 年的总统选举，写到叶利钦在看到国家杜马的选举结果对民主派不利的情况下如何不顾严重的心脏病，在第二轮选举中四处活动，拉拢列别德击败了久加诺夫。说到叶利钦在总统选举中获胜，但身体也垮了，实际上后来几年中叶利钦已不能正常工作，于是就出现了"没有总统的总统治理"。提到有些人把这段时间同勃列日涅夫的晚年相比。同时，作者也用材料指出，这时叶利钦自知自己身体已不行，所以已在认真考虑接班人问题，1998 年三次撤换总理，1999 年又三次撤换总理，都与考虑接班人有关。书中讲到 1998 年俄罗斯金融危机后叶利钦任命普里马科夫为总理是不得已的，总统的班子此时不敢冒解散议会的风险。作者对总统"家族"的成员和他们所起的作用也作了不少介绍。作者说叶利钦虽然病相当重，但他还是清醒地选中了普京为接班人。在车臣恐怖分子挑起第二次车臣战争并在莫斯科等地制造恐怖事件的时候，普京在车臣行动中的强硬态度赢得了人们的好感，再加上新的杜马选举的结果，使普京顺利地当选为第二任俄罗斯总统。

由于书中的材料丰富和叙述的生动，所以看完这本书后颇有一点像看了一部关于苏联和俄罗斯最近 15 年历史纪录片的感觉。这也许只是我自己在译校过程中产生的感觉。但不管怎么说，我们觉得这本书对我们了解和研究苏联和俄罗斯这 15 年的历史，是有较大的阅读价值的。至于作者在书中反映的他对这些年中许多苏联和俄罗斯的许多事件和人物的观点，那就只能由读者自己去作出评价了。

这本书是作者于今年 4 月 27 日亲自交给王宪举同志（《光明日报》驻莫斯科记者）的。当时王宪举同志答应作者尽快译出，争取早日在我国问世。为此，有十几位同志参加了此书的翻译。他们是徐葵、林野、张金兰、王宪举、王东政、宋锦海、远方、王器、李禄、陈新明、姚晓南、胡延新、钱乃成等。全部译文由徐葵、张达楠、陈凤翔共同作了校对。需要说明的是，由于本书的翻译和校对时间都很匆促，译文中无疑会有不少错误和不妥之处，我们热忱地欢迎读者给予批评指正。

（此文完稿于 2000 年 10 月 20 日，此书中文版由新华出版社 2001 年 1 月出版）

俄罗斯"私有化总设计师"
在俄推行的私有化举措

——《俄罗斯式的私有化》中文版"出版说明"

原苏联和东欧国家 20 世纪 80 年代末 90 年代初发生剧变后，俄罗斯东欧中亚国家 90 年代在经济转型中都实行了国有企业的私有化。私有化成为这些国家向市场经济过渡的最重要的制度改革和构造市场经济基础的基本途径。因此，这些国家，尤其是俄罗斯这样一个大国的私有化问题，引起了世人的广泛关注。

本书是一本专门介绍俄罗斯私有化的专著，由被称为俄罗斯"私有化总设计师"的丘拜斯主编，由他本人和与他一起在俄罗斯具体实施私有化的那个班子中的主要成员共同写作，书中除前言与结束语外，很大一部分都出自丘拜斯本人的笔下。

俄罗斯的私有化从 1992 年开始实施，分小私有化和大私有化。小私有化是指商业、服务业企业及小型工业和运输业企业的私有化，已于 1993 年基本完成。大私有化是指大中型企业的私有化，其途径基本上就是实行企业的股份化。大私有化的实施又分证券私有化、货币私有化和个案私有化三个阶段，这三个阶段从 1992 年 7 月到 1998 年年底也已基本完成。另外，俄罗斯的私有化是一个内涵广泛的综合性概念，它把国有企业经过改制变成的集体企业，或实行股份化变成的混合经济企业，都归入私有化的范畴之内。

对俄罗斯私有化所采用的模式和产生的经济与政治效果，在俄罗斯国内外都有许多批评意见。如俄罗斯经济学家谢·格拉济耶夫指出，俄罗斯当局采用的国有财产私有化方案是"最简陋的，也是破坏性最大和最易引起社会冲突的方案。这一方案导致了经济的犯罪化，破坏了生产和技术合作的纽带，引起所有制关系中的混乱，造成生产产量和效率的急剧下滑，加剧了社会紧张局势。"这种大规模私有化的方法"不是引导那些最活跃、精力最充沛的实业家去创造新财富，或者去满足社会的需要，而是引导他们去分割不劳而获的财富，去侵吞先前由整个社会创造出来的收入的源泉。"美国俄罗斯经济问题专家、哈佛大学俄罗斯和欧亚研究中心主任戈德曼指出，俄罗斯实行的私有化导致经济大幅下降，私有化的目标和结果严重相悖，国家的巨额资金被少数"权贵阶层"侵吞和占有，大多数人则陷入贫困状态。最近几年，俄罗斯检察院相继对俄罗斯私有化中出现的几个寡头，如古辛斯基、别列佐夫斯基和霍尔多科夫斯基等提出了侵吞巨额国家资产和偷漏大量国家税收的指控，这一事实也说明了俄罗斯私有化中存在的问题。

丘拜斯等写这本书是为俄罗斯的私有化进行辩护，从苏联经济衰败的历史原因、经济改革理念和实施私有化的方法和过程等方面力图说明"在主要问题上是正确的"。作者认为，俄罗斯"同胞们所得到的95%有关私有化的信息完全是消极的"，所以他们的责任是向人们"清楚和明确地说明（俄罗斯）国内究竟发生了什么，为什么会发生。"书中针对俄罗斯私有化提出的一些责难也做了答辩。

我们出版本书的目的，是为我国读者和研究工作者提供一本了解俄罗斯私有化问题的第一手材料，以便有助于我们对俄罗斯的私有化问题进行更好的研究，把它作为借鉴，并从中吸取教训。

本书的译稿承研究苏联和俄罗斯经济问题的专家许新教授从经济专业角度进行了审读，并对译文提出了不少修改意见，我们谨向他表示感谢。

（此文完稿于2003年7月，此书中文版由新华出版社2004年5月出版）

从苏联克格勃头子
到苏共总书记的安德罗波夫

——《人们所不知道的安德罗波夫》中文版
"译者的话"

　　本书是罗伊·麦德韦杰夫于 1999 年上半年出版的比较新的一本著作。作者是俄罗斯著名的历史学家，他的名字是我国很多读者都熟悉的。我在去年为他的另一本部著作的中文版《俄罗斯往何处去——俄罗斯能搞资本主义吗?》（新华出版社 2000 年 1 月版）写的"译者的话"中比较详细地介绍了他的经历、他的学术和创作生涯以及我国翻译出版了他近 10 本著作的情况。这方面的情况我就不再重复了，读者如要了解，可翻阅一下那一本书。这里我只限于作者写这本书的几点情况和本书的某些内容做点介绍。

　　首先我想谈一下自己在译校本书的过程中对作者体

现在本书中的治学和写作态度的一些感受。我要说，我为作者在对待历史和历史人物上所采取的学者的冷静态度有所感动。我们知道，本书所写的主人翁安德罗波夫从1967年到1982年曾担任苏联克格勃主席达15年之久，正是在这段时间中苏联主要通过克格勃机关开展了对苏联的所谓"持不同政见者"的斗争。而作者本人当时就被划入"持不同政见者"之列，党籍遭开除，并曾不断遭到克格勃机关的监视、搜查和其他形式的迫害。作者在本书中写到了这段历史，写到了安德罗波夫与持不同政见者的关系，也写到了克格勃与作者本人和他的哥哥若列士的关系。作为一名受害者，如果在文字中流露一点怨气，应属人之常情，读者大概是不会见怪的。但是，从书中却看不出作者对安德罗波夫和克格勃有什么个人恩怨的感情色彩，而全然是以学者的冷静态度去对待克格勃这个机构存在的历史事实和安德罗波夫这个历史人物的，力求反映客观的历史真相，接近历史的真实。我觉得作者所持的这种学者的精神境界是值得在此一提的。

其实，麦德韦杰夫这种对待历史的冷静态度不是在90年代写安德罗波夫传记时才有的。早在70年代当他还受着克格勃的监视和迫害的时候，他对安德罗波夫就已开始用冷静和客观的眼光来进行观察了。他把安德罗波夫不只是看作克格勃主席，而首先是看作当时一批比较平庸的苏联领导人中间一位出类拔萃的政治家。正如作者在前言中所说的,"他对安德罗波夫作为一名政治家和个人的兴趣,还在 60 年代初……就产生了"。正因为如此,当 70 年代末由于勃列日涅夫健康状况的进一步恶化,苏联政权的接班人问题越来越成为西方报刊和苏联问题专家经常议论和预测的话题的时候,在西方国家几乎所有知名的苏联问题专家都不相信克格勃主席安德罗波夫有可能成为勃列日涅夫的接班人的情况下,麦德韦杰夫却作出了"安德罗波夫最有可能成为总书记的接班人"的预测。

对西方国家首先是美国的苏联问题专家当时在这个问题上的议论和看法,我是亲有体会的,因为当时就在这个问题上我曾同美国的苏联问题专家进行过讨论。那是在 1979 年 11 月,我参加了中国学者代表团同美国同行在华盛顿举行的一次中美学者苏联问题学术讨论会。在与美国学者进行的研讨中,谁有可能成为勃列日涅夫接班人这个热门话题也是讨论的一个议题。当时在场的美国学者普遍认为安德罗波夫不可能成为接班人,他们提出的理由是苏联历史上从来没有克格勃头子接班苏共总书记的先例。我提出了相反的看法,认为安德罗波夫有此可能。我的理由是安德罗波夫的经历和经验比较全面,既做过团的工作也做过党的工作,既做过地方工作,也做过中央工作,既熟悉外交工作也了解国内情况。他在当今的苏共领导人中文化素质最高，能亲自起草文件和讲话，还会吟诗，作风正派，为人清廉，所以他是比较合适的接班人选。麦德韦杰夫在书中谈到了当时西方学者在这个问题上的看法，使我也想起了自己经历的这段往事。当然那时我对安德罗波夫的了解要比麦德韦杰夫差得多，但是在70年代末在此问题上我与他作出了相同的预测，这不能不说是一种巧合。

麦德韦杰夫在90年代先后写过两本安德罗波夫传记。第一本写于1993年，书名《来自卢比扬卡的总书记》，篇幅要小得多，共222页。第二本就是本书，篇幅超过第一本约一倍多，是在第一本基础上充实和扩展而成的。书名则改为《人们所不知道的安德罗波夫》。这个书名，初看起来有些令人费解。安德罗波夫当过苏联克格勃头头，是列宁、斯大林、赫鲁晓夫、勃列日涅夫之后的苏联第五位领导人是大家都知道的，怎么是"人们所不知道的"呢？看了书才理解作者起这个书名是有道理的。他说，"实际上，对于安德罗波夫这个人、这位政治家，我们大家过去几乎都一无所知。这是由苏联社会及其'上层人物'的生活完全不透明造成的。"书中披露的大量事实，如安德罗波夫在1956年匈牙利事件中的经历、担任苏共中央社会主义国家联络部部长10年中的情况、当克格勃主席15年中的作为、在1968年入侵捷克斯洛伐克事件中的立场以及在1979年苏联出兵阿富汗中的作用等等，尤其是在苏联高层领导的复杂微妙的"权力游戏"中的处境与为人处事方式，如果说连苏联和俄罗斯人都"一无所知"的话，那么我们中国人自然是更加无法知晓了。这样我们对这个书名也就不会感到不可理解了。

对安德罗波夫这个历史人物，作者在书中指出了他的一些局限性，但总的评价是肯定的。作者在前言中告诉我们，最近五年俄罗斯老百姓在对"你如何评价我国掌权者和政治领袖们（从尼古拉二世到叶利钦）的工作？"这份问卷调查时，得到正面评价最多的一直是安德罗波夫。作者还指出，安德罗波夫在苏联掌权的时间总共不过 15 个月，但他在大多数苏联人的心目中留下了牢固的印迹，至今最寻常的俄罗斯老百姓还以怀旧的心情而毫无谴责之意地回想起安德罗波夫的当政之时。作者对安德罗波夫领导的克格勃在国家生活中的作用也给予了客观的评价。麦德韦杰夫在书中说，那时克格勃的地位提高了它成为政权手中越来越有力的工具，它的主要职能是维护国家的安全，同时又继续是一个感染病毒最少的机构。麦德韦杰夫在书中讲的克格勃，尽管有对"持不同政见者"进行迫害的一面，但绝不是像西方出版的某些介绍克格勃的书中所描绘的那样一个凶恶可怕和尽干坏事的机构。也许正是从作者介绍的安德罗波夫和克格勃其人其事的背景上，我们可对曾在克格勃工作过 15 年的现任俄罗斯总统的普京的克格勃的情结有所了解。要知道正是在普京领导俄罗斯国家安全局和担任国家安全委员会秘书的时候，在卢比扬卡的克格勃大楼的墙上给安德罗波夫立了一块纪念牌，他还亲自在安德罗波夫诞辰 85 周年的时候到那里献了花。去年在麦德韦杰夫出版了这本书以后，也是普京在俄罗斯国家安全会议上接受了麦德韦杰夫前去赠送的这部安德罗波夫传。

看了这本书，我们可以明白，为什么俄罗斯老百姓对安德罗波夫会有上面讲到的那些反应。作者在书中用大量历史事实和材料刻画出了安德罗波夫的品格特征、政治思想水平和决策处事能力。说明他的知识、智力和文化素养都在当时其他苏联领导人之上，他思维敏捷，办事果断，是一个真诚的马克思主义者和列宁主义者，他热爱社会主义，苏联，忠于职守，努力维护国家和人民的利益，他为人刚直不阿、廉正清白，作风平易近人，能同知识分子和文人打交道，他思想不保守，容易接受新鲜事物。作者也说明在当时苏联的权力结构下，他的处境是并不十分容易的，他不得不走迂回的道路，也不得不办些违心的事情，特别是要小心谨慎地处理好同苏联那种家长制权力结构中的勃列日涅夫的关系。可是勃列日涅夫去世后留给他去收拾的则是一个问题成堆的大摊子。他曾力图改变苏联当时的局面，振奋苏联的人心。他的上台和上台伊始所采取的一些措施给予了苏联各阶层人民以希望。作者说，他"不仅迅速稳定了政局，而且无疑赢得了很大一部分人民的尊敬"。可惜的是，苏联历史让勃列日涅夫在台上占的时间太长了，而留给安德罗波夫的时间则太短了。他真是"壮志未酬身先死"。可以设想一下，如果苏联的政治体制不是当时那样的体制，而能在 70 年代中当勃列日涅夫第一次中风后就让他退下来，安德罗波夫能上来掌权，并给他更多一些时间去进行调整和整顿，那么苏联的历史发展可能会是另一个样子。但今天我们在回顾苏联这段历史的时候，只能把它引为历史的遗憾罢了。

作者写本书的主要目的是客观地、尽可能详尽地介绍安德罗波夫的政治生涯，帮助读者了解这位"人们所不知道的"历史人物。他在这样做的时候也在书中为我们提供了大量历史事实和材料。苏联和苏共的历史经验教训对我们具有十分重要的参考价值，我们需要深入研究和引以为戒。本书运用大量历史材料所揭示的当年苏联政治、思想、社会、经济生活中以及对外关系方面存在的党和国家领导体制中许多弊端和缺点。如政治方面的领导干部终身制（勃列日涅夫得了两次中风，已丧失了实际工作能力，但仍在台上把持权力六七年之久，这在现代国家中都是罕见的），对最高领导人的个人崇拜和投其所好、勃列日涅夫周围形成的第聂伯彼得罗夫斯克—摩尔达维亚帮、上层领导人在权力问题上的明争暗斗、高层干部享受的种种特权、干部日益发展的腐败之风、官僚主义的盛行，等等；经济方面，经济体制的严重僵化，生产增长率的不断下降，集体农庄体制下农业的衰落，日用消费品的长期短缺，等等；社会关系方面，如民族矛盾的发展，党与知识分子关系的疏远和紧张，党的机关对意识形态的粗暴干预，群众对苏共领导越来越失望，人们口头上说的是一套，心中想的又是一套的思想两重性越来越发展，等等。对外政策和对外关系方面，如同美国的军备竞赛和全球争夺，出兵捷克斯洛伐克，出兵阿富汗，等等。阅读和研究作者在这本书中提供的所有这些历史材料，和他对这段苏联历史的分析和评述，不但对我们了解和研究安德罗波夫，而且对我们分析和研究苏联和苏共的历史教训都是有益的。

最后要说明一下我们三名译者在翻译本书中的分工：何香译1－90页，徐葵译91－257页，张达楠译258－428页。全部译文由徐葵与张达楠共同进行了统校。我们知道，译文难免仍有错误，欢迎读者给予批评指正。"译者的话"则是我个人写的，不妥之处，由我自己负责。

（此文完稿于2000年12月25日，此书中文版由新华出版社2001年5月出版）

苏联总统对国内政局和国际形势的回顾与思考

——《对过去和未来的思考》中文版"出版说明"

本书是戈尔巴乔夫于 1985 年当选为苏共中央总书记，1989 年当选苏联历史上第一个，也是最后一个总统著作的一本书。他在任时发动和领导了苏联的改革，直到 1991 年 12 月苏联解体时他辞去苏联总统下野。他在位 6 年间，国际风云变幻，苏联国内形势矛盾重重，动荡激烈。在这段时间内，戈尔巴乔夫始终处在国际上和苏联国内发生的许多重大事件的中心。

戈尔巴乔夫下野后于 1992 年在莫斯科创办了社会经济和政治学研究国际社会基金会（简称戈尔巴乔夫基金会），任该会主席。后在美国、意大利、德国和加拿大也设立了戈尔巴乔夫基金会。联合国于 1992 年在里约热内卢召开讨论环境问题的世界各国首脑会议后，戈尔巴乔夫于1993年创办了总部设在瑞士的国际绿十字会，任该会主席。在过去10年中，戈尔巴乔夫经常出席国际学术和社会活动，发表过许多讲演。在国内，他也不断参加俄罗斯的政治、社会和学术活动。1996年曾参加俄罗斯总统竞选。1999年他领导成立了俄罗斯统一社会民主党，任该党主席。2001年11月该党与俄罗斯其他10多个其他的社会党与社会民主党合并，召开了新的统一社会民主党代表大会，戈尔巴乔夫当选为该党领袖；萨马拉州州长康·季托夫当选为该党主席。戈尔巴乔夫在20世纪90年代出版了两部回忆录体裁的著作。一部是1995年出版的两卷本自传体回忆录《生活与改革》，另一部是1998年出版的《对过去和未来的思考》。本书就是戈尔巴乔夫的第二部著作的中文版。作者专门为本书写了致中国读者的"中文版序"。据悉，《生活与改革》的中文版近期将由社科文献出版社出版。

在苏联解体10周年之际，我们相信，戈尔巴乔夫自己撰写的这本著作的中文版的出版，将为想深入了解和研究苏联解体的原因和戈尔巴乔夫本人的思想和言行的读者，特别是专业研究人员和党政干部，增加一部很有参考价值的第一手材料。

（此文完稿于2001年12月，此书中文版由新华出版社2002年1月出版）

从牧羊人家的孩子
到哈萨克斯坦共和国的总统

——《中亚铁腕纳扎尔巴耶夫》中文版"校者的话"

哈萨克斯坦是与我国西部比邻的友好邻邦，是世界上最大的内陆国家，面积 272 万平方公里，比西欧 11 国的面积总和还大，人口 1500 万人，有 130 多个民族和民族集团。哈萨克斯坦与我国山水相连，历史上丝绸之路曾将两国密切联系在一起，两国人民的友谊源远流长。自 19 世纪中叶哈萨克斯坦并入沙俄以后，在近一个半世纪中它成了沙俄和十月革命后的苏联的一个边远地区。正如作者在本书中引用纳扎尔巴耶夫的话所说的，哈萨克斯坦在独立前是通过莫斯科看世界的，与之相反，世界当然也是通过莫斯科才看到哈萨克斯坦的。在这样的历史条件下，我国与哈萨克斯坦在这一个多世纪的时间中自然就较多隔阂了，所以当时对我国很多人来说哈萨克斯坦虽近在身边，但又似乎是一个很遥远的地方。1991 年 12 月 25 日，随着苏联解体，哈萨克斯坦成了独立的主权国家。1991 年 12 月 27 日中国承认哈萨克斯坦的独立，两国于 1992 年 1 月 3 日即建立了大使级外交关系，中哈两国关系进入了一个新的历史发展时期。两国建交后 10 年来在政治、经济、文化、教育、科技等方面的关系都得到了迅速的发展。两国领导人经常进行互访；1995 年 2 月 8 日中国政府发表声明保证不对哈萨克斯坦使用或威胁使用核武器；1998 年 7 月 4 日两国签署了边界条约，彻底解决了历史遗留下来的长达 1700 公里的边界问题，使中哈边界变成了一条永久的和平边界；两国在中亚五国合作机制中都发挥着积极的作用。两国平等互利的经济关系也发展很快，双边贸易额已从 1992 年的 3.7 亿美元发展到 2000 年的 15.57 亿美元。

保持和发展中哈两国的睦邻友好合作关系，使两国人民世世代代友好下去，这不仅符合两国人民的根本利益，也有利于地区的稳定和和平。应该承认，由于过去的历史原因，我们对自己的近邻哈萨克斯坦各方面的情况的了解还是很不够的。在当前新的形势下，增进两国人民对彼此的历史、文化、政治、经济等方面情况的相互了解，这是发展两国睦邻友好合作关系的一个重要条件，也可以说这是巩固和发展两国人民的友谊和两国关系的重要的思想基础。我们在这方面有许多工作要做。

20世纪90年代以来我国已出版了不少介绍哈萨克斯坦的书，仅哈总统纳扎尔巴耶夫的著作就有四部。它们是：一、《探索之路——自传·反思·立场》，陆兵、王嘉琳译，新疆人民出版社1995年出版；二、《站在21世纪门槛上——总统手记》，陆兵、王嘉琳译，李正乐校，时事出版社1997年出版；三、《论阿拜》，师忠孝译，新疆青少年出版社1998年出版；四、《前进中的哈萨克斯坦》，哈依霞译，民族出版社2000年出版。近年来，我国还出版了我国学者、记者、作家写的有关哈萨克斯坦的不少著作、文章和报道。不过从增进我国公众对哈萨克斯坦的知识和了解的需要来说，我们已做的工作显然还是不够的。我们现在译介纳扎尔巴耶夫的这部传记，也是希望在这项有意义的工作中增补一些有助于我们了解哈萨克斯坦的有价值的史实和材料。

本书作者奥莉加·伊万诺夫娜·维多娃是哈萨克斯坦公民。她父亲是共产党的干部，母亲是中学教师。她接受了高等语言学教育，于1993年获副博士学位，1995年获语言学博士学位。她长期生活在东哈萨克斯坦州的乌斯季—卡缅诺哥尔斯克市，现任国立莫斯科经济、信息、统计大学哈萨克斯坦分校校长。她著有《普希金的伦理思想》（1991年）、《19世纪头20余年中文

学的伦理思想问题》（1994 年）、《普希金和文艺复兴》
（1999 年）等书。本书是作者撰写的一部传记文学著
作，出版于 1998 年。现在奉献给读者的本书中文版可
说是我国出版的第一部介绍哈萨克斯坦总统纳扎尔巴耶
夫的传记著作。我们知道，俄罗斯族在哈萨克斯坦是仅
次于哈萨克族的一个大民族，其人数占到哈萨克斯坦人
口总数的 30％。由哈萨克斯坦的一位俄罗斯族的女作
家来写纳扎尔巴耶夫是本书的一个特点。

　　作者在本书中是把纳扎尔巴耶夫作为一个人和政治
家来观察和撰写的，书中叙述和评介了纳扎尔巴耶夫从
一个哈萨克牧羊人家的孩子成为独立的哈萨克斯坦总统
的人生经历。作者在书中运用了前苏共哈萨克斯坦中央
第一书记库纳耶夫和纳扎尔巴耶夫本人的许多著作和苏
联以及哈萨克斯坦报纸杂志的大量报道和评论材料。作
者写的是纳扎尔巴耶夫的一生的经历，同时也描绘和评
介了纳扎尔巴耶夫生活的这个时代的许多历史事实和背
景，从多方面反映了苏联从赫鲁晓夫、勃列日涅夫到戈
尔巴乔夫的几十年的历史和这段时间中政治、经济和社
会生活包括党内生活的许多侧面，尤其是苏联时期和独
立后的哈萨克斯坦的面貌和变化。

　　本书涉及的年代是苏联和哈萨克斯坦历史上发生大
变动的时期，所以书中讲到的很多人和事，头绪十分纷
繁，关系错综复杂，读者在阅读书中有些章节时可能会

感到有些头绪不易把握。我想在这里简要勾画一下本书的主要轮廓，介绍一下本书主人翁的主要经历和他经历的几个主要历史时期的一些背景，也许可以为读者在阅读本书时提供一个参考线索。

本书由三大部分组成。第一部分介绍了纳扎尔巴耶夫的成长过程，即从他于 1940 年出生到 1984 年成为哈萨克斯坦共和国部长会议主席的这段历程。纳扎尔巴耶夫出生在苏联卫国战争时期，他的幼年是在斯大林时期度过的。斯大林去世时，他刚 13 岁，正在 7 年制学校的 7 年级上学。1958 年 18 岁时他从 10 年制学校毕业，接着进入铁米尔套技工学校学习冶金专业。1958 年 11 月被保送到乌克兰的钢铁城市第涅伯捷尔任斯克市第 8 技工学校学习。1960 年他 20 岁时在乌克兰学成后，回到哈萨克斯坦刚建成投产的大型钢铁厂卡拉干达冶金联合企业当炉前工，同时参加工厂中附设的高等技术专科学校学习。在此之前的 1959 年，建设中的卡拉干达冶金厂的工人因不满工厂领导上对工人的生活漠不关心发生了哄抢仓库中生活日用品的事件，而遭到了武力镇压。这一事件导致哈共中央第一书记别利雅耶夫的下台，库纳耶夫从此成为哈共中央的第一书记，直到 1986 年。所以纳扎尔巴耶夫回到哈萨克斯坦之时已是库纳耶夫当政之年。纳扎尔巴耶夫于 1962 年参加苏共，并当选为苏联共青团中央委员。纳扎尔巴耶夫在卡拉卡达冶金厂共当了 7 年冶金工人。他 28 岁时开始做专职的党和团的工作。1968 年他被调任苏共铁米尔套市委工业部长，1969 年转任该市团市委第一书记。1970 年调任苏共铁米尔套市委第二书记，同年不脱产地毕业于卡拉卡达工学院。1972 年调任卡拉卡达冶金厂党委书记。1976－1979 年升任卡拉卡达州党委书记。1980 年他被调到哈共中央任中央书记，开始进入哈萨克斯坦的最高权力层。1984 年 44 岁的他被任命为哈萨克斯坦部长会议主席。他在成年后一直到登上权力高峰的这 20 多年中，经历了赫鲁晓夫的 10 年和勃列日涅夫的 18 年执政时期，以及后来短暂的安德罗波夫和契尔年科的执政时期。他从事专职的党的工作，特别是进入共和国的最高权力层之后逐步看清了苏共党内的形式主义、官僚主义、行政命令体制、高层权力关系等负面现象，尤其是在勃列日涅夫晚年。在 70 年代中期，纳扎尔巴耶夫就看到了"党的工作越来越形式主义化，工作中充满了空洞的陈词滥调、虚假的指标和浮夸的统计"。他"痛苦地看到党的衰弱过程，……党的威望在下降，党的影响在逐年缩小"。书中对苏共当时这个衰退过程有不少描绘和评述。以上所说的就是本书第一章的主要线索。

本书第二部分用很大的篇幅，叙述了从戈尔巴乔夫上台到苏联解体这段时期中纳扎尔巴耶夫的经历。这就是本书第二、三、四章的主要内容。对纳扎尔巴耶夫来说，这是对他经受严重考验的艰难的 6 年。他从 20 世纪 70 年代中期起就已认识到苏联进行改革的必要性，所以对戈尔巴乔夫在 1985 年开始的改革抱积极支持和欢迎的态度，但他没有想到苏联后来的改革会变得如此困难和混乱。首先，在 1986 年 2 月哈共代表大会上，他针对共和国的时弊直率地揭露和批评了共和国党政工作中的许多缺点和问题，结果引起了库纳耶夫对他的不满和背后的压制和打击。戈尔巴乔夫和苏共中央于 12 月独断地决定任命科尔宾接替库纳耶夫为哈共第一书记，结果引发了阿拉木图大学生上街游行抗议，苏共领导派部队镇压了游行抗议的大学生。纳扎尔巴耶夫因对大学生的行动抱同情态度，结果也受到了牵连。主观地任命科尔宾为哈共中央第一书记和用传统的高压方式处理阿拉木图事件，这是戈尔巴乔夫上台后在苏联民族关系上犯的第一个大错误。科尔宾毫无作为地在哈萨克斯坦主持了两年工作，直到 1989 年 5 月苏联在戈尔巴乔夫启动的政治改革高潮中举行第一次苏联人民代表大会时，科尔宾才被苏共中央调离哈萨克斯坦。此时纳扎尔巴耶夫在共和国内广大干部和群众的一致支持下当选为哈共中央第一书记。但这时苏联的改革已进入了大动荡、大混乱时期。在担任共和国第一把手后的短短三年中，纳扎尔巴耶夫面临的是苏联政局的失控、戈尔巴乔夫和叶利钦两人之间展开的政治斗争、俄罗斯等许多共和国同苏共中央政权进行的"主权战"和"法律战"、各共和国离心趋势的发展，最后是 1991 年 8 月的"8·19 事件"与 12 月 8 日三个斯拉夫共和国领导人在白俄罗斯搞的宣告苏联解体的别洛韦日协议，以及 12 月底苏联的最终解体。可以设想，纳扎尔巴耶夫应对这样的局面是多么不容易。他曾力争保存苏联这个联盟，但没有成功，同时他又得在这种动荡混乱的形势下努力维护哈萨克斯坦的利益和保持共和国局势的稳定。书中这一部分对苏联当时的整个形势、纳扎尔巴耶夫的处境和采取的立场与对策有相当详细的叙述，同时也介绍了纳扎尔巴耶夫对戈尔巴乔夫改革失败和苏联解体和苏共垮台的原因的分析和评论，如引述了纳扎尔巴耶夫论述的"苏共的解体，首先是内部的过程"、"日益觉醒的民族自我意识也是极权主义制度垮台的另一重要原因"、"没有俄罗斯，就不会有别洛韦日文件；没有俄罗斯，原苏联就不会解体"等观点。

　　本书第三部分，也就是本书的最后四章，主要叙述了 1991 年底哈萨克斯坦成为独立国家后纳扎尔巴耶夫作为哈萨克斯坦总统领导哈萨克斯坦制定的国内外政策，介绍了纳扎尔巴耶夫的治国思想以及他为维护国内民族团结，保持政治稳定，克服经济困难，维护国家安全，实行对外开放，使哈萨克斯坦进入世界舞台而进行的大量工作。第八章以分析和论述在哈萨克斯坦产生纳扎尔巴耶夫现象的主客观因素和在当前历史条件下它对哈萨克斯坦的意义这两点内容作为全书的总结。

　　应该承认，在苏联和哈萨克斯坦历史发生大变动和大转折的时候，要把这段时期的历史经纬梳理清楚，在此背景下来叙述纳扎尔巴耶夫 60 多年的经历，并刻画出他作为一个历史人物的性格和思想、作风等特征，说明他在这个大转折时期对哈萨克斯坦人民作出的贡献，这不是一件很容易的事情。这时候哈萨克斯坦不但发生着政治和经济体制上变迁，而且也发生着意识形态上的变迁，长期影响着人们的、曾经被认为是不可动摇的旧的思想理论已丧失了自己的影响力，而新的思想理论还在通过实践探索之中，有些问题恐怕还有待时间的检验，一时还难于作出明确的定论。尤其是对一位俄罗斯族的哈萨克斯坦作者来说，在苏联解体之后写出这样一本传记著作更是不容易的。作者在书中对某些问题并没有下明确的结论。如对于今天哈萨克斯坦的社会性质的看法就是如此，作者在提出民主的资本主义这一观点时，立刻加上一个放在括号里的问号（?），表明这还是一个有待继续研究的问题。本书的主要价值在于它提供了有关苏联和哈萨克斯坦这段历史时期的许多事件和有关的历史人物的大量事实和材料，也提供了作者对这段历史中的人和事的分析和看法。这有助于我们对苏联和哈萨克斯坦的这段历史和哈萨克斯坦当今情况的了解。

　　本书译者韩霞是一位年轻的俄语工作者。她 1991

年毕业于北京第二外国语大学俄语系，1992 —1993 年到本书作者所在的东哈萨克斯坦国立大学留学，奥利加·维多娃就是韩霞的导师，他们师生之间建立了亲密的友好关系。从1993—1998 年的 5 年多时间中，韩霞一直在哈萨克斯坦从事商务工作，她与哈萨克斯坦的各界人士有着广泛的接触，她目睹了哈萨克斯坦 90 年代在纳扎尔巴耶夫总统的领导下作为一个独立国家的成长、变化和发展。她的导师维多娃的这本传记著作于 1998 年出版后，她就立意把这部传记翻译成中文以作为对她的导师和哈萨克斯坦朋友们对她的情谊的回报。这是她第一次独自翻译这样的大部头著作，困难自然是可想而知的。但她于 1999 年调到乌兹别克斯坦工作后，克服了种种困难，在日常的商务工作之余花了近两年时间，终于把这本书翻译出来了。她这种不怕困难、孜孜以求的精神是很可贵的。经新华出版社编辑同志的介绍，我有感于韩霞的这种精神，承担起了为她的译文做校对的任务，现在终于把这项工作完成了，这也算是对年轻同志的一点点帮助吧，同时我也为有机会参与译介有助于读者了解哈萨克斯坦第一任总统和他的国家的这部著作而感到高兴。读者如发现译文经校对后还有不妥和错误的地方，欢迎批评指出。

　　（此文完稿于 2002 年 3 月 24 日，此书中文版由新华出版社 2002 年 6 月出版）

政局动荡和经济下滑背景下的俄罗斯军队

——《沉沦之师：俄军总参谋部上校手记》
中文版"译者的话"

　　20 世纪 90 年代苏联的解体和俄罗斯政治经济改革中出现的政治动荡和经济急剧下滑，使俄罗斯社会政治生活的各个方面都遭到了巨大的破坏和损失，其中也包括俄罗斯的军队。本书叙述那个年代俄罗斯的军队状况、军队的最高统帅叶利钦总统与他的将军们的关系，评介苏联解体后俄罗斯历任国防部长和总参谋长及其他主要军队领导人，俄文原版出版于 1997 年，内容涉及 1991 年到 1997 年这段时间中的俄罗斯军队。

　　本书作者维克托·尼古拉耶维奇·布兰涅茨是一名俄罗斯上校军官，曾在苏联和俄罗斯军队中服役 30 多年。他生于 1846 年，毕业于高级军事学校和军事学院。

后来在一系列军区和驻德苏联部队集群中服役。自1883年起的十多年时间中他一直在苏联国防部和总参谋部中央机关工作，曾任总参谋长顾问、国防部调研员组高级军官、国防部情报分析处处长、新闻处处长、国防部长新闻秘书等职务。他曾参加过阿富汗战争，荣获"在苏联武装力量中为祖国服务"三级勋章。作为20世纪90年代震撼俄罗斯军队的许多事件的直接参加者和见证人，他在书中叙述了俄罗斯国防部和总参谋部及其领导人和工作人员的生活中许多不为人知的方面。作者在前言中说，他在这本书中写的不仅仅是叶利钦和他的将军们，而且还力求把这段时间中能反映俄罗斯军队及其"智囊"生活中最重要和最值得注意的东西记录下来。由于本书披露了俄罗斯军队的许多内情，当作者在报纸上发表本书第一章之后，他即被俄罗斯军方解职。

本书共九章。在第一章中作者根据自己在俄罗斯国防部和总参谋部工作中的感受和所见所闻，描绘和评述了从20世纪90年代初到90年代中俄罗斯军队总的状况和他经历的一些事件和遇到的困难。作者一开始就描述了这几年俄罗斯军官的贫困和军队的衰败，如军官经常好几个月领不到军饷，为了一家的生活不得不变卖东西，包括自己的军服和勋章、奖章，军人的荣誉感每况愈下，俄罗斯军人世家的传统正在丧失，军队的地位不断下降，等等。他指出俄罗斯军队士气的瓦解是从戈尔巴乔夫决定要从德国撤出苏联驻军开始的，而在叶利钦时代实施的草率的撤军带来了很多问题，一批军官利用撤军机会收敛财物，化公为私，大发横财。在第二章中作者继续谈论这个问题，讲到沙波什尼科夫当国防部长时为解决军队财务困难提出军队可经商，这为军队的贪污腐化打开了方便之门，造成了严重后果，后来不得不撤销有关的训令。作者也回顾了苏联军队在 1991 年 8 月 19 日事件中和俄罗斯军队在 1993 年叶利钦与议会冲突中的态度，叙述了军官们在政治上的分裂。作者还用了许多笔墨写了车臣战争，叙述了俄罗斯军队由于最高统帅和军队领导在决策上的失误而于 1994 年底到 1997 年初的车臣战争中遭到的大量人员伤亡和蒙受的耻辱。作者在这一章也记述了俄罗斯军官对叶利钦的态度的前后变化：他们在 1991 年把叶利钦当作自己崇拜的偶像，认为叶利钦就是他们的希望，1996 年的总统选举中他们对叶利钦已由希望变成失望，已不想再投叶利钦的票。

本书其余几章则是对叶利钦的将军们的八篇特写，其中包括国防部长沙波什尼科夫元帅、总参谋长洛博夫大将、国防部长格拉乔夫将军、总参谋长杜贝宁将军、阿富汗战争中的战斗英雄和俄罗斯国防部副部长格罗莫夫、总参谋长科列斯尼科夫将军、集团军司令列别德将军和第 41 任国防部长罗吉奥诺夫将军，在有关格拉乔夫的一章中还写到了当时的国防部副部长米罗诺夫、孔

147

德拉季耶夫和科科申等人。在书中还多处写到从事肮脏的商业活动和大量受贿的国防部副部长科别茨将军。作者通过这些特写叙述了这些将军同叶利钦的不同的关系。作者对这些将军有褒有贬，对沙波什尼科夫、格拉乔夫和科列斯尼科夫等持贬的态度，而对洛博夫、杜贝宁、格罗莫夫、列别德和罗吉奥诺夫等总的持褒的态度。作者褒贬的标准是看一个将军是忠于祖国和职守，忠于军人的荣誉，还是趋炎附势，投机取巧，投靠总统个人。作者指出，尽管在俄罗斯的这个"混乱时代"俄罗斯军队的命运发生了急剧的转折，但俄罗斯仍然有许多将军和军官没有背离军官的荣誉，不愿意因政治局势随波逐流，而仍愿意为俄罗斯服务，为国家服务。

本书尽管不是研究俄罗斯军队的学术著作，而是反映俄罗斯军队和俄罗斯军事领导人状况的纪实性著作，但由于材料丰富，所以对我们了解和研究这个时期俄罗斯军队的状况很有用处。

参加本书翻译工作的有徐葵、张达楠、林野、孙士敏、李方仲、宋锦海、肖桂森、李永庆、孙岳如、王英杰和孟秀云等同志，全书译文由徐葵和张达楠同志作了校对。译文中如有错误和不当之处，我们欢迎读者给予批评指正。

（此文完稿于 2003 年 2 月 13 日，此书中文版由新华出版社 2007 年 1 月出版）

赫鲁晓夫执政时期苏联一度出现的"解冻"氛围

——《"解冻"的赫鲁晓夫》中文版"校者的话"

本书是在档案材料基础上叙述和评论斯大林逝世后赫鲁晓夫从 1953 年到 1964 年在苏联执政 10 年这段历史的一本专著。

作者亚历山大·阿拉基米罗维奇·佩日科夫生于 1965 年，是历史学博士。他是一名专门研究 20 世纪俄国和苏联历史的历史学家，曾发表过一系列著作，如《赫鲁晓夫解冻的冲突》（合著，1997 年出版）、《1953 年—1964 年苏联社会的现代化经验：社会政治方面》（1998 年出版）、《20 世纪 50—60 年代苏联的政治改革》（1999 年出版）等。他于 1989 年毕业于以克鲁普斯卡娅的名字命名的莫斯科师范学院历史系，后曾在苏共中央马克思主义－列宁主义研究院、青年研究院科学研究中心、俄罗斯科学院社会政治研究所等科研机构担任不同的职务，在 10 年时间中走过了从实习研究员（在苏共中央马克思主义－列宁主义研究院）到研究所副所长（俄罗斯科学院当代政治历史研究所）的道路。他曾作为专家参加了俄罗斯科学院"战略研究中心"的工作，并于 2000 年担任俄罗斯联邦电信和信息部的部长助理，从 2003 年 11 月起担任俄罗斯联邦政府主席的助理。

作者在本书前言中介绍了苏联和俄罗斯历史学界几十年来在研究赫鲁晓夫执政这 10 年的历史中曾经历过的几个阶段。

第一个阶段是在赫鲁晓夫执政时期。当时人们对赫鲁晓夫的活动，完全采取肯定的态度；1953－1964 年这个时期在一些历史著作中被称为"伟大的十年"；赫鲁晓夫所倡议的各种改革往往都被认为是其正确性已被生活所证实的杰出的创作。

第二个阶段是在 1964 年赫鲁晓夫下台之后，一直持续到 20 世纪 80 年代中期。在这 20 多年中，由于苏联当局对赫鲁晓夫采取了避而不谈的政策，1953－1964 年这个历史时期实际上已不被苏联历史学家所关注。这时在苏联有一种比较固定的看法，认为苏共中央 1964 年迫使赫鲁晓夫辞职下台的十月全会已对这一时期作出了一切必要的评价，学者们不必再把注意力放在研究过去各个时期所犯的错误和缺点上去。其结果是对这一历史时期的一系列复杂问题，首先是对这整个阶段的评价，实质上始终没有进行积极的研究。对于与赫鲁晓夫的这一活动时期有关的许多问题，如政治体制的功能、党内斗争、决策机制等等，都缺乏分析和研究。

第三个阶段是在80年代中苏联改革开始以后。这时苏联学者开始摆脱僵硬的思想束缚，重新认识苏联所走过的历史道路，许多人一改20多年来对赫鲁晓夫的活动避而不谈的状况，而对之变成了难以抑制的赞扬。很多人在这个阶段中正是在这种背景下去回顾赫鲁晓夫的执政年代和评价过去20年中已很少谈论的那10年的各种情况和问题的。但是，作者认为，在20世纪80年代和90年代之交，苏联有些历史研究成果有好走极端的特点，当时流行的做法是把苏联官方历史学中的一切都全盘否定，而把与官方历史学没有联系的一些学者的看法过分理想化和美化。

作者指出，俄罗斯历史学界只是在最近时期才开始以更加慎重和权衡的态度来审视20世纪50年代和60年代的苏联历史；这时俄罗斯历史学中出现的一个新现象就是要求以更广泛的历史资料为基础来做研究工作，并且要求对历史事件作出更加客观的和不带偏见的结论。

作者说，他在本书中力求客观地评价50年代至60年代苏联的社会和政治生活状况。他在本书中对斯大林的个人崇拜的批判问题、全民国家问题、苏联的经济发展模式问题、苏联的民族问题、斯大林逝世后苏联护法机关和护法政策的改革、苏联社会的社会心理状态和60年代初赫鲁晓夫划分工业党和农业党的政治改革等问题，都根据档案材料做了比较详细的叙述、分析和评论。他在书末的附录中还附了许多档案材料，其中包括苏联在50和60年代之交在赫鲁晓夫执政的最后几年中花了很大力量制定的苏联新宪法草案全文。如果赫鲁晓夫当时不下台的话，这部宪法草案无疑将被通过，用以代替斯大林执政时于1936年年底通过的苏联宪法，但在赫鲁晓夫下台后这部宪法草案就被弃而不用，而在勃列日涅夫执政时于1977年通过了苏联的新宪法。

至于作者在本书中是否达到了他所说的力求客观地对20世纪50年代到60年代苏联10年的历史作出评价的目的，这需要由读者来加以判断。不过，他所遵循的意图，即以档案材料为依据，力图对历史作出尽可能客观的和不带偏见的评价，尽可能使历史恢复其本来面目，无疑是值得赞许的。他在书中引用的大量历史材料和提出的许多观点，他在本书附录中所附的许多档案材料，对我们进一步了解和研究赫鲁晓夫其人和他在苏联执政的这10年历史是有较大的参考价值的。

（本书由刘明等翻译，"校者的话"完稿于2000年4月，中文版由新华出版社2006年6月出版）

从阿拉木图迁都到阿斯塔纳

—— 《欧亚中心的阿斯塔纳》 中文版 "校后记"

　　由张达楠、冯育民与我等多人共同翻译的这本书，是继去年我们与民族出版社合作翻译出版哈萨克斯坦总统著作的《在历史的长河中》一书后，由民族出版社出版的又一本纳扎尔巴耶夫的新著。我们为有机会再次把我国在中亚的友好邻邦哈萨克斯坦的总统纳扎尔巴耶夫的著作译介给我国读者而感到荣幸。

　　本书是纳扎尔巴耶夫总统于 2005 年出版的一本新书。我们大家都知道，在过去，阿拉木图曾是哈萨克斯坦的首都。20 世纪 90 年代，在苏联解体，哈萨克斯坦成为独立国家后，由纳扎尔巴耶夫总统倡议，经哈萨克斯坦议会批准，哈萨克斯坦政府决定把哈萨克斯坦的首都从阿拉木图迁到阿斯塔纳。纳扎尔巴耶夫写的这本书就是从历史、政治、地理、建都理念和建筑艺术的角度全面介绍哈萨克斯坦新首都——阿斯塔纳的一本专著。

作者首先在第一章《城市的哲学》中，论述了他提议把哈萨克斯坦的首都从阿拉木图迁到阿斯塔纳的考虑和理由。针对反对迁都者的一些观点，他阐述了世界上的事物都是在发展和变化的道理，举了俄罗斯、美国、巴西、中国等国家迁都的历史事例，说明迁都是国家根据历史需要经常发生的事。他指出哈萨克斯坦在新的地缘政治形势下，从长远的稳定发展考虑，需要把首都迁到在地理上位于欧亚中心和全国中心的阿斯塔纳去的原因。

接着作者在第二章《阿斯塔纳的纪事》中，叙述了阿斯塔纳所在的叶西尔（伊希姆）河流域这块哈萨克草原的发展历史，从古代新石器时代在这里最早出现从事游牧和耕作的居民，一直讲到以后历代的变迁。6－7世纪，这里出现了突厥和西突厥部族。11世纪，在这里形成了巨大的钦察汗国。从16世纪开始，叶西尔河流域的广大草原被俄国殖民化，哈萨克斯坦的北部地区成了帝俄向亚洲次大陆推进的桥头堡。19世纪帝俄在此建立了阿克莫拉城堡，后来这座军事城堡成为草原上的一个贸易经济中心。苏维埃时期，阿克莫林斯克州由于其自然条件得到了进一步发展。20世纪五六十年代，赫鲁晓夫在苏联执政时为解决粮食问题在这里进行了大规模垦荒。当时阿克莫林斯克市成了垦荒地的首府，1961年被正式更名为采利诺格勒（意为垦荒城），人口达到了20万。赫鲁晓夫曾有把哈萨克斯坦共和国首都迁到采利诺格勒的想法，但未实现。1991年哈萨克斯坦独立后，采利诺格勒恢复了原来的名称——阿克莫拉。1998年阿克莫拉更名为阿斯塔纳。1996年6月哈萨克斯坦政府作出了把哈萨克斯坦共和国首都从阿拉木图迁到阿克莫拉的决定。1998年上半年阿克莫拉正式更名为阿斯塔纳，同年6月阿斯塔纳正式被确定为哈萨克斯坦的首都。

作者在第三章《阿斯塔纳的美学》中用较多笔墨描绘了阿斯塔纳的建设规划和一些标志性建筑的设计理念和建造过程，以及这些建筑所体现的把传统与现代结合在一起的特点。作者也叙述了他本人对首都建设的许多思考以及他与本国和外国建筑家所进行的关于城市建设的多次探讨和研究。他也描述了哈萨克斯坦的专家与建筑工人在短时间内建设阿斯塔纳的巨大热情，以及阿斯塔纳的未来发展远景。

我国人民和哈萨克斯坦人民的友好关系源远流长。哈萨克斯坦独立后我国立即予以承认并宣布我国尊重哈萨克斯坦人民自己的选择。从而两国关系进入了睦邻友好的新时期。十多年来两国在政治、经济、科技、文化等各方面的友好合作关系都得到了长足的发展。我们相信，纳扎尔巴耶夫总统这本新著的中文版在我国的出版和发行，将有助于我国人民更好地了解哈萨克斯坦新首都——阿斯塔纳的历史、现状和发展前景，更好地了解哈萨克斯坦总统纳扎尔巴耶夫本人的政治思想和治国理念，这无疑也会有助于两国人民的友谊和相互了解的进一步发展。

参加本书翻译工作的有：徐葵、张达楠、冯育民、王英杰、许文鸿、杨莉、杨进，全书译文由张达楠统校。

本书译文难免有不妥之处，我们诚恳地希望读者给予指正。

（此文完稿于 2006 年 10 月 14 日，此书中文版由民族出版社 2006 年 12 月出版）

哈萨克斯坦总统讲述哈独立后
15年来的困难和成就

—— 《哈萨克斯坦之路》中文版"简介"

　　这是哈萨克斯坦总统纳扎尔巴耶夫于 2006 年 11 月出版的一本新的著作。俄文版全书共 370 页,全书字数约合中文 25 万字。

　　本书除前言与后记外共分 9 章(目录见附件),从 9 个主要方面论述和总结了哈萨克斯坦从 1991 年独立后到现在 15 年来所走过的道路和取得的成就。

　　纳扎尔巴耶夫在本书的前言中说,他写这本书主要给哈萨克斯坦的青年一代看的,他指出"我们的青年对过去几年的事件往往不掌握现实的事实材料,缺乏客观的分析,他们不知道一切是如何开始的,所有变革是如何发生和进行的,在国家十分困难的时期所作出的一些决定的逻辑是什么。正因为如此，所以他要对他们讲述走到今天取得的成就的道路上的每一步都经历了多大的困难和痛苦。他希望这本描写过去几年的事件，但是面向未来的书能成为哈萨克斯坦未来领导人的案头必备书。"

哈萨克斯坦的出版社在本书勒口上写的本书简介中说"国家元首的书讲到是哈萨克斯坦最新历史中最困难和光辉的时刻。九章中的每一章都揭示了年轻的独立国家成长道路上所走过的具有标志意义的步伐。这就是制定到 2030 年的哈萨克斯坦发展战略，通过现行的国家宪法的过程，开始开发石油和天然气资源，采用本国的货币和建立成功的银行金融制度，实行私有化和进行土地改革的进程，还叙述了哈萨克斯坦的迁都和哈萨克斯坦的第一个宇航员登上国际空间站等。"

本书集中论述的是哈萨克斯坦国内的政治经济改革，尤其是作为哈萨克斯坦独立基础的经济问题。作者说哈萨克斯坦之路还包含其他的内容，还涉及国家建设的其他一些重要问题，如军队建设和外交活动等。作者在本书后记中着重论述了教育对未来的国家建设和发展的重要意义，勉励青年一代好好学习，掌握高科技，提高国家的智力潜能。

本书内容丰富，论述相当具体和实际，对我们了解和研究哈萨克斯坦独立后 15 年的最新历史和 15 年来在政治和经济方面进行的改革很有帮助。书中在谈到苏联解体过程中哈萨克斯坦遇到的困难时，也讲了对苏联社会主义制度的弊病和苏联解体的原因的一些看法，这对我们了解和研究苏联解体问题也是有帮助的。本书对我们了解和研究纳扎尔巴耶夫总统个人的政治思想和作风也很有用。从书中的叙述中可以看出，纳扎尔巴耶夫是一个视野宽阔，有全球眼光，注重研究和吸收世界各国的经验并结合哈萨克斯坦的实际作出决策和在实际工作中善于在各方面的矛盾中寻找平衡和妥协的政治家。他很崇尚法国戴高乐和新加坡李光耀的治国谋略和经验，对一些小国，如瑞士和挪威的经验他也很重视，例如在建立哈萨克斯坦国家储备基金方面就借鉴了他们的经验。此外，也应看到，哈萨克斯坦15年来在各方面进行改革的经验对我们也是有参考借鉴意义的。

（本文完稿于2007年6月，此书中文版由民族出版社2007年8月出版）

俄罗斯学者论述中俄共同发展战略的一本著作

——《中俄至 2050 年的共同发展战略》中文版序言

　　这是俄罗斯两位资深学者——俄罗斯科学院经济战略研究所所长、经济学博士、俄罗斯科学院通讯院士鲍利斯·尼古拉耶维奇·库奇克和俄罗斯科学院远东研究所所长、哲学博士、俄罗斯科学院院士米哈伊尔·季塔连科合写的一部研究中国改革开放以来在各方面取得的发展和变化，预测中国今后几十年的发展前景，说明中俄采取共同发展战略符合两国人民共同需要和根本利益的专著。本书译者在结束全书的翻译工作，将本书中文版付梓之际，希望我写篇序言。我虽已年届八旬，而且当前还有需要抓紧时间完成的其他写作任务，但当我通读了全部译稿，并阅读了俄文版的主要部分之后，不禁勾起了对往事的许多回忆和思绪，从而在心中产生了一种冲动，觉得应该把手头的其他工作放下，先拿起笔来写这篇序言。

我心中出现的这种冲动，首先是同我一生中亲眼看见的中苏和中俄两国社会主义事业的跌宕起伏和两国关系的风云变幻中亲身体会到的一些深切感受和感悟紧密相连的。我从童年时代起的全部人生经历几乎都是与苏联联系在一起的。1937 年我 10 岁那年目睹了日本帝国主义侵略者在上海发动 8·13 淞沪侵华战争，轰炸和炮击中国军民的残酷暴行，上海沦陷后我在沦陷区的上海在日军铁蹄下生活了 6 年，那时我就知道苏联是帮助中国抵抗日本侵略的。1943 年我 16 岁时，出于抗日救国的强烈愿望，从上海去了抗战的陪都重庆。1944 年在重庆考入大学开始学法律，到 1945 年 8 月日本宣告投降后，我就于 1946 年随学校到北平，直到 1948 年在大学毕业，我在这几年中先因要求抗日，后因反对蒋介石专制独裁、压制民主和发动内战，就在大学里参加了当时的进步学生运动，在重庆读了进步书籍，对苏联有了一些了解，开始向往社会主义的苏联，1946 年到北平后出于想更多地了解苏联的愿望，就通过在校外找老师补习和自学俄文的方法开始学俄语，在一年多时间里打下了一点俄语基础。1946 年大学毕业后我去了冀中解放区。1948 年国民党特务对北平进步学生进行了一次

8·19大逮捕，当时把我也列入登报通缉的名单中。幸好我已在解放区，免于这场劫难。但是没有想到解放战争形势会发展那么迅速，我到了解放区才半年多一点，北平就和平解放了。1949年初北平解放时，我被分配到北京市东单区参加接管工作才三个多月，就被调到新成立的新民主主义青年团中央国际联络部去做面向苏联的对外联络工作，从此我就开始了与苏联和俄罗斯打交道的生涯。中间因"文化大革命"而靠边站、受审查、住牛棚、下放到"五七"干校而中断了10年工作。之后，被调到中联部和中国社科院的苏联东欧研究所从事苏联研究工作。在我一生经历的这半个多世纪中，我对中苏两国社会主义事业和两国国家关系在思想认识上经历了三个时期。第一个时期可以说是天真的理想主义时期，那是从1949年到1958年的10年。那时候我几乎每年都要随同中国青年代表团出访苏联，或在国内接待来我国访问的苏联共青团代表团。那时候我对中苏两国的社会主义建设事业和两国基于无产阶级国际主义的牢不可破的友好关系信心十足，满怀美好的憧憬，相信两国的社会主义事业一定会蒸蒸日上，相信帝国主义正在一天天烂下去，东风必将压到西风，我们这一代也许就能看到共产主义的美景。

但是历史和事实的发展并不像我想象的那样一帆风顺，从20世纪50年代后半期到70年代的20多年时间中，中苏两国两党在国内和党内都出现了不少问题和曲折，声势浩大的建设共产主义的豪言壮语不论在苏联还是在中国不久都成了泡影，对斯大林的个人迷信和对领袖的"神化"都受到了批判，中苏两国和两党的关系从50年代末60年代初开始不断恶化，相互进行的公开论战不断升级，以至于发展到两党彻底断绝关系，两国相互为敌，甚至兵戎对峙。在我国陷入"文化大革命"这场浩劫的时候，苏联在国际上推行扩张主义和霸权主义，而在本国国内则出现了"停滞"局面。这一切使我对社会主义和中苏关系感到迷茫和困惑。这是我思想认识发展中的第二个时期，可以说是困惑时期。

在中共十一届三中全会后，我的思想进入了第三个时期。在我们国内，由于我们党总结了历史经验教训，全面进行拨乱反正，提出了以经济建设为中心的基本路线，制定了改革开放政策，确立了解放思想、实事求是的思想路线，找到了建设有中国特色的社会主义的正确道路。在中苏两国和两党的关系方面，由于双方都总结了过去的历史教训，认识到分则两害，合则两利，都希望改善两国关系，终于在关系断绝20多年后于1989年5月16日通过邓小平与戈尔巴乔夫的会见宣布了两国和两党关系的正常化。关于中苏两党20世纪中叶开始的那场激烈争论，邓小平在与戈尔巴乔夫的那次历史性会晤中也作了回顾和总结，说："经过二十多年的实践，回过头来看，双方都讲了许多空话，马克思去世后一百多年究竟发生了什么变化，在变化的条件下，如何认识和发展马克思主义，没有搞清楚。"（见《邓小平文选》第三卷，第 241 页，人民出版社，1993 年 10 月第一版。）此后，近 20 年来，两国关系进入了一个崭新的发展时期。我为我早期所憧憬的美好的两国关系中间经过曲折如今在健康的基础上得到恢复和发展而感到高兴，也为自己近 30 年来在苏联研究工作中为促进两国和两国人民的友好关系做了一点微薄的努力而感到欣慰。这个时期可以说是我思想上逐渐解除困惑而回归现实，看清我国实现社会主义现代化和中苏与中俄两国关系在平等、尊重对方选择的发展道路、互不干涉对方内部事务的基础上走上健康发展道路的时期。

根据我个人几十年来对中苏、中俄两国关系起伏变化的见证和体会，我感到两国关系之所以会有历时二十余年的分裂和阻断，除了当时有意识形态上的分歧、双方领导人的个人因素的影响和国家利益上的矛盾等原因外，从更长远和宽广的意义上看，双方领导人和广大人民之间缺乏深入的相互了解和沟通是一个根本性的原因。历史教训告诉我们，两国和两国人民之间只有不断增进相互了解和沟通，才能排除各种误会和猜疑，建立起相互的信任。只有在互信基础上才能长期保持和发展正常和健康的两国关系，处理好双方对事物认识上的差异和利益上的分歧。我乐于为本书中文版写这篇序言的冲动，首先就来自我从两国关系几十年来的起伏中得到的这一点体会和感悟。

我认为俄罗斯科学院经济战略研究所和远东研究所的同仁们撰写的这部向俄罗斯广大读者包括政界和社会各界人士系统地介绍中国现状和预测中国今后几十年发展和中俄共同发展的前景的这部著作定会有助于增加俄罗斯人民对中国的了解，因此它不论在科学意义上，还是在政治意义上都是有重大价值的。而在中国出版此书的中文版，也可使中国广大读者了解俄罗斯学者和他们所代表的俄罗斯精英对中国在实行改革开放，建设具有中国特色的社会主义事业中取得的成果和今后的发展前景以及中俄共同发展前景的看法和想法，这无疑也有助于增进我国人民对俄罗斯的了解和认识，因而也同样具有它的政治意义和现实意义。

促使我乐于为本书中文版作序的第二个原因是本书在研究方法和内容上具有的一些特色。本书在这方面给我的印象也促使我感到有必要写这篇序言，以便把本书的一些特点和内容向我国读者作一番介绍和推荐。在我看来本书以下一些主要特点。

第一，采取的研究方法比较新颖，正如本书导言中说明的，本书作者在研究和预测中国经济实力的发展时所采用的是俄罗斯科学院经济战略研究所的学者集体所设计的对不同国家经济实力的动态发展进行预测的一种方法。这是一种数学计量方法，采用拓扑学把预测结果用直观和形象的图标加以表达和比较。关于这一预测方法的概念、参数、计量指标及其含义，本书附件中有较详细的介绍和说明。它用一个国家的治理、疆域、自然资源、人口、经济发展、文化和宗教。科学与语言、武装力量、和对外政策等九个参数来研究和预测它的动态发展。俄罗斯科学经济战略研究所已运用这一方法对俄罗斯本国的经济发展前景做过一系列综合性预测研究，已出版了《2050年前俄罗斯的创新突破战略》、《在时空中的俄罗斯（未来史）》等著作。现在又运用这一方法与远东研究所的学者一起来研究和预测中国的发展和中俄关系在共同发展基础上的发展前景。我建议读者在阅读本书时先看一下本书导言和这个附件，以便对本书应用的方法有一个概念，然后再去阅读全书正文。

　　第二，本书的核心内容是从中俄共同发展的角度来研究和预测中俄两国关系在未来几十年中的发展前景，其基础出发点和着眼点是在说明和论证中俄两国发展战略协作关系，实现共同发展的战略目标是两国在今天国内外形势下的共同需要。书中也分析了两国实现共同发展战略的有利因素和可能出现的不利因素，并提出了双方共同努力，趋利避害，实现共同发展前景的一些建议。本书作者的这种立场和愿望与我们的立场与愿望无疑是一致的。

第三，本书是一部基础性、系统性、综合性的科研成果。其基础性表现在它按照其方法论设计的九个参数在本书各章中论述的问题都是影响我国发展动态的一些基础性问题；其系统性表现在每章对论述的问题都是用历史发展的数据和眼光来观察和分析的；其综合性表现在它在各章中对九个基础问题分别进行论述的基础上比较完整地为读者描绘出了到 2050 年中国的发展前景和中俄两国共同发展前景的总的图景。在近几年国外学者发表的研究当代中国的著作中，我觉得本书是迄今最为扎实、全面和深入的一本著作。

我在写完这篇序言后，看到了一篇关于去年 6 月 8 日中国社会科学院当代中国研究所和俄罗斯东欧中亚研究所在京联合举办本书俄文版首发式的报道。中国社科院副院长和当代中国研究所所长朱佳木在首发式上发表了讲话，在京出席首发式的该书作者之一、俄罗斯科学院远东研究所所长、俄中友好协会主席季塔连科院士在会上致了答辞并向中方赠书。朱佳木在致辞中高度赞扬了季塔连科长期以来为增进中俄两国友好和中俄两国人民友谊，推动俄罗斯科学院与中国社会科学院的学术交流与合作所做的大量卓有成效的工作。他在讲话中还指出，《中国和俄罗斯至 2050 年的共同发展战略》一书是作者基于对中俄两国战略协作伙伴关系的历史和现状的研究，系统展望未来 50 年中国发展方向和中俄战略协作伙伴关系的发展前景，并提出建设性意见的力作。是作者多年来研究中国问题，为中俄两国携手献计献策的又一个丰硕成果，是作者长期关注中俄关系，致力于中俄友好的又一个生动体现。我想在此有必要把朱佳木同志对本书的评价也向读者做一介绍。

第四，本书在分析和研究中国各方面的状况和发展前景时，既肯定我国在改革开放中取得了巨大成就并大大提高了自己的国际地位和影响力，也提出了在发展中存在的一些问题和可能出现的曲折，如经济发展中的周期律等，这是科研工作中应有的客观态度。我国学者在研究俄罗斯问题时也需要研究和分析影响其形势发展的各方面的因素，设想各种发展变化的可能。我认为我们应该重视关心中国问题的俄罗斯学者在书中就中国的发展问题提出的各种看法和意见，把它们作为重要的参考。

第五，还值得一提的是，本书收集和利用的有关中国的材料十分翔实丰富。从这本书所附的参考文献目录中就可看出来，其中既有许多俄文文献，也有西方国家的学者撰写的有关中国问题的许多著作，夏有大量中文文献，包括中国的官方文献与许多中国学者和专家的著作和论述。

此外，我还想在这里提出一点，那就是本书作者在涉及中国的某些问题上所持的看法与中国学者的看法不一定都是相同的。例如在涉及中国疆域的部分领土和有关条约的历史问题上，俄罗斯学者有他们的看法，而中国学者则可能有自己的看法。我认为两国学者对这样或那样的一些问题（包括历史的和现实的）在学术上抱有一些不同看法，这是正常的现象。在涉及两国边境的疆域和边界问题上，我们值得高兴的是，自 1989 年两国关系实行正常化以后，两国在尊重历史和现实的基础上经过共同的努力终于使两国之间长期悬而未决的历史遗留下来的边界问题得到了妥善的解决，使两国长达 4000 多公里的边界变成了和平和友好的边界，这对两国的安全和睦邻友好关系的发展具有重大意义。我们今天要共同珍惜这个来之不易的解决边界问题的结果，而对过去某些具体的历史问题则应允许双方学者在学术观点上有自己的看法，不可能也不必要强求一致。在经贸关系和对外关系等问题上，两国学者，还有经济界、政治界人士之间也不可避免地会有一些不同的看法和分歧意见，这也是正常现象，重要的是双方都要吸取过去两国关系的教训，都要以大局为重，通过交流和沟通，努力缩小和消除这些分歧和矛盾，如一时解决不了，则也应当努力求同，同时允许存异。我相信这类不同看法和分歧不是不可解决的，不会影响到两国关系的大局。

在与本书中文版读者分享我的读后感时，我要说，我对中俄两国在新世纪中发展战略协作伙伴关系和实现共同发展和合作的双赢的前景是满怀信心和希望的。我高兴地看到进入新世纪以来俄罗斯在自己选择的道路上克服 20 世纪 80 年代末和 90 年代在政治经济社会中出现的混乱和种种困难，在稳定政局、发展经济和提高人民生活等方面取得的迅速进展，我衷心祝愿俄罗斯在实现提高经济实力，发展和提高人民社会福利和生活质量的国家目标中取得更大的成就！我也祝愿我们的同行——俄罗斯学者在科研中取得更大的成就！

最后，我还想说一下，我在写这篇序言的过程中了解到本书的译者、校者和社会科学文献出版社的编辑为本书的翻译、编辑和出版做了大量辛勤的工作，也了解到中国社科院俄罗斯东欧中亚研究所的领导和前任所长李静杰同志对本书的出版给予了很大的关心和支持。我受全体译者的委托要对他们和出版社的编辑同志对本书的翻译和出版所给予的关心和支持表示感谢，没有他们的关心和支持本书是不可能与读者见面的。

（此文写于 2007 年 8 月，此书中文版由社科文献出版社 2007 年 10 月出版）

中苏交恶 20 多年后的苏联现况

——《苏联概览》序言

我们编写这本书的出发点是想在中苏交恶 20 多年后，为社会各界，尤其是广大青年，提供一本有助于他们了解当今苏联各方面的情况的综合性和手册性的读物。

这几年我们遇到许多同志，其中包括不少青年和学生，他们常常向我们提出这样一些问题：苏联今天是什么样子？最近 20 多年来苏联国内有些什么变化？苏联这几年的改革进行得怎样？等等。我国广大群众一直怀有增加对苏联的了解的愿望，这是有多方面的原因的。

首先，苏联是当代世界上一个重要国家。它拥有巨大的经济力量和军事力量，它在国际事务中占有很重要的地位。今天随着世界经济和科技的发展，各国之间的相互联系变得越来越密切和广泛，世界变得越来越小。在当今世界上，如果缺乏对苏联这样一个大国的了解，那就很难说我们对我们所处的这个世界和整个国际形势能有比较全面的了解。

第二，中苏两国在地理上是近邻，在历史上也有长期的联系。苏联是我国周边最大的邻国，两国之间有着世界上最长的共同边界。中苏交往的历史已有几百年之久。中俄两国曾在1689年签订了两国间第一个条约——中俄尼布楚条约。19世纪中叶，中国成了包括沙俄帝国在内的帝国主义列强侵略和争夺的对象。1917年俄国爆发了伟大的十月社会主义革命，两国关系进入了一个新的历史时期。1949年中国革命胜利后，两国关系又揭开了崭新的一页。但是，从60年代开始，两国关系出现了曲折。今天两国关系有了改善，正在向正常化发展。中苏这样两个幅员辽阔、人口众多的邻国之间的关系如何，这不但对两国本身，而且对亚洲局势，世界和平与安全都不能说是无关紧要的。

第三，中苏两国人民在争取解放和自由的长期斗争中结下了深厚的传统友谊。十月革命后，苏维埃政府和苏联人民对中国人民的革命斗争给予了深切的同情和热忱的支持。中国广大劳动人民和先进知识分子在苏联进行国内战争和遭受帝国主义国家封锁和包围的年代里曾为支援苏维埃国家和苏联人民进行过不懈的斗争。两国在二次大战中成了盟国，在反法西斯侵略的斗争中相互支援。50年代，苏联政府和人民对我国社会主义建设提供了巨大的援助。尽管在其后的20多年中，两国关系经历了巨大的曲折，但中国人民对苏联人民仍然怀有友好的感情。

第四，苏联是世界上第一个社会主义国家，苏联在社会主义建设的道路上已经过了70年的历程，目前苏联正处于历史性的转折时期，这就是在新的形势下，在总结自己历史经验的基础上在国家的经济、政治、社会和精神生活的各个领域中实行全面改革以加速社会经济发展。今天苏联的改革引起了世界各国的注意。中国人民自中共十一届三中全会以来，在农村和城市经济体制改革方面迈开了巨大步伐，对苏联人民正在进行的改革自然也感到很大的兴趣，并希望更多地了解有关的情况。上述几点，也许可以说是我国广大群众希望增加对苏联的了解的主要原因。我们正是根据这种需要，编写了这本《苏联概览》。

本书共分12章，分别介绍了苏联的历史、地理、政治、经济、外交、军事、科学技术、宗教和教会、社会团体、15个加盟共和国和一些主要大城市的情况，末尾还附有历史大事年表和党政主要领导人简介等附录。本书兼顾历史和现状，而侧重于现状，尤以介绍苏联最近 20 多年来的发展和变化为重点。其中包括苏共第二十七次代表大会及其以后的一些主要情况。采用的材料和数字基本上截止于 1986 年底和 1987 年初。

我们在编写本书时，采取尊重历史和尊重事实的态度，力求做到客观和实事求是，我们希望本书会有助于广大读者增加对苏联的了解，会有助于促进中苏两国人民的友谊。

由于我们的水平和经验有限，书中缺点和错误在所难免，我们诚恳地希望各界读者批评指正。另外，苏联目前各方面情况正在不断变化，随着时间的推移，书中的材料和数字会随时过时。我们期待着将来能对本书进行增补订正。

本书是我所研究人员集体努力的结果。除了直接参加编写的同志外，还有不少同志为本书的编写工作提供了帮助。我所译审王德一同志曾对本书各章节的最初设计作出了不少贡献，但后来因病未能继续参加编辑工作。在编写本书过程中，我们还得到了所外许多同志的关怀、支持和帮助，在此我们谨向各方面的同志表示衷心的感谢。

（本文写于 1987 年 8 月，本书由徐葵主编，由中国社会科学出版社于 1989 年出版，在中国社会科学院 1993 年科研成果评奖中曾获工具书类科研成果一等奖。）

苏联解体后俄罗斯 10 年来的社会状况

—— 《过渡时期的俄罗斯社会》序言

  本书作者张树华同志是一位年轻有为的研究人员。他于 20 世纪 80 年代中从南开大学毕业后，就到中国社会科学院苏联东欧研究所工作，后来又就读于中国社会科学院研究生院和苏联国立莫斯科大学。他于 80 年代末和 90 年代初在莫斯科大学学习的那几年，正值苏联和俄罗斯社会发生激烈变化之时，他实地目睹和经历了当时苏联和俄罗斯发生的巨变，其后又曾多次到俄罗斯进行学术考察。所以他对这些年来俄罗斯社会变化真实情况的感性知识较多，感受也较深。他于 90 年代中从俄罗斯学成回研究所工作后，一直从事俄罗斯政治社会和文化领域的研究，在这方面出了不少研究成果。我看过他写的一些论文，感到他常能提供许多新鲜的材料，提出不少给人以启发的见解。我知道他这几年正在写一本著作，想比较全面和深入地介绍和探讨一下俄罗斯社会 10 年来发生的巨变，包括社会的状况、它的变化过程、变化轨迹、变化的文化思想基础等等。我对他这个想法是很赞成的。经过几年的努力，现在他终于把书稿完成了。他送给我一本复印的书稿，并要我写篇序言，我自然乐于承应他的雅命，为这本书写几句话。

我作为本书的第一个读者以很大的兴趣阅读了这本书稿，读后觉得长了不少知识，得到了不少收获，它帮助我增加了对今天俄罗斯社会的很多了解。这本书可以说是我国学者从社会学角度论述俄罗斯社会 10 多年来变化的第一本著作。我对社会学本身知之甚少，所以很难从社会学角度对本书提出什么看法，只能在这里谈谈自己读后的一些一般感想。

首先，我觉得这样一本较全面和系统地研究和分析过渡时期俄罗斯社会变化的著作是我们今天为增加对俄罗斯的了解是十分需要的。10 年前的 1991 年，苏联在没有内外战争的和平条件下突然发生剧变和解体，使全世界人民感到莫大的意外和震惊。俄罗斯作为苏联在法律上的继承国成为独立国家后，在政治和经济等方面不断发生动荡和危机，政坛上的人物像走马灯似的不断更迭，人们都感到无法预料俄罗斯局势下一步会如何发展变化，"不可预测性"一词成了各国学者对俄罗斯形势特点的普遍评价。俄罗斯 10 年来在变革历程中所演出的一幕幕"活剧"既令人瞩目，也令人眼花缭乱，感到困惑，有许多现象和问题需要找到解答和说明。

张树华同志的这本著作正是针对大家多年来感到困惑的一些问题，从社会文化、社会结构和社会运作的内在机制等方面对之作出了一些看来比较符合实际和能够说明问题的回答。我认为这就是本书的价值之所在。本书涉及的面很广，基本上是围绕着俄罗斯在这 10 年中进行的被称为"权力革命"和"财产革命"的两场"革命"，从政治转轨、经济转制到思想变化等各个方面去透视俄罗斯社会的 10 年变化的，试图为读者提供这段时间中俄罗斯新社会变化一幅多维的、动态的图画。从这个意义上说，本书是写得比较成功的，也具有一定的开创性。当然，由于本书涉及的问题很广，而且都是一些比较大的问题，有的问题可能需要发展成更大的专著才能论述得更充分，有的还可能需要从理论和实证材料上进行充实才能阐述得更加清楚，要求在这样一本 20多万字的书中详尽地回答所有问题，那是不可能的，也是不现实的。但是我觉得作者经过几年的努力能够在本书中涉及如此广而大的一些问题上达到现在这样的研究水平，这已经是不小的成绩。

其次，我很同意作者在本书中提出我们在对苏联和俄罗斯的研究中需要加强对它们的社会文化背景、文化思想传统、社会实际运行机制等问题的研究的看法。我们过去对苏联和俄罗斯的研究比较着重于对制度、政策和领导人的思想和言论等方面的研究，而对历史社会背景、社会文化基础、社会内在机制等社会文化领域的问题是注意和重视不够的。不论是对当前俄罗斯现实的研究，还是对苏联 74 年历史的研究，我们都需要拓宽研究面，加强对俄罗斯的历史特征、社会文化特点、社会结构状况、社会的实际运行机制等问题的研究。

我觉得张树华同志在这本书中提出和探讨的一些问题是很有意义和研究价值的。例如，苏联和俄罗斯的政治转轨与俄罗斯的激进主义思想传统和思维方式的关系问题。俄罗斯这个国家和民族在历史上就有好走极端的倾向，非此即彼，非黑即白的思维定式根深蒂固，俄罗斯民族崇尚精神和意识境界而缺乏实践的耐心，这些特点对俄罗斯的历史发展是有影响的。这也许是促使这个国家在最近 15 年的改革中如此轻易地跌入民主浪漫主义和市场浪漫主义的"陷阱"的一个主要原因，结果是尝到了"激进民主化"和"激进市场改革"的苦果。

再如，根据俄罗斯的社会调查材料，今天在俄罗斯掌权的社会精英 70％以上都是当年苏联掌权的社会精英和苏共党员。制度虽已发生了巨大的变化，但权力基本上仍掌握在同一个社会阶层的人手里。打着反特权旗号上台的那些人，现在拥有的特权更大，而过去实际上不能参与政治的民众，在民主革命后的现在仍然是政治的局外人。执政者如何真正为民众，代表人民的利益，苏联和俄罗斯这方面的教训是很值得深思的。又如，俄罗斯经过 15 年的动乱，现在人心思稳，人心思治，社会心理已是宁要秩序，不要民主，普京就是在这种社会背景下上台推行新政的。俄罗斯的历史钟摆在 20 世纪初是激烈向左摆，到 20 世纪末又激烈向右摆，进入 21 世纪后将往何处摆？这些都是值得我们大家共同去进一步观察和研究的问题。

最后我还想指出本书的一个特色，那就是书中引用的材料十分翔实丰富，这可能是我近年来在研究俄罗斯的著作中所看到的摘引材料最多的一本。这说明作者在写作过程中收集和阅读了大量俄罗斯学者这些年所写的政治学和社会学著作以及俄罗斯报刊发表的有关文章，包括一些著名的俄罗斯社会舆论调查机构进行的许多社会民意调查材料。作者的分析和研究都是以这些材料为依据的，因此具有较大的可靠性和可信性。这种研究问题的态度和学风也是值得我们提倡的。

我知道作者还承担着一项获得国家社会科学基金资助的青年研究课题——"当代俄罗斯政治思潮、政治流派的跟踪研究"，我衷心祝愿并期待着作者在完成本书的研究和写作的基础上，在今后的研究工作中取得新的

成就，能出色地完成上述课题，为社会奉献一本更好的
学术著作。

（此文写于 2001 年 10 月 5 日，此书由新华出版社
2001 年 12 月出版）

中国学者眼中贝利亚

—— 《贝利亚之谜》序言

　　我与本书作者、山东《潍坊学报》主编徐隆彬同志可以说是一文相识的忘年之交。我们至今还没有机会谋面，而是在阅读彼此的文章和著作中相识的。我今年已年届80，而他正值接近50的年富力壮之时，因此可以说是忘年交。20多年前，在20世纪80年代下半期，当我在中国社会科学院苏联东欧研究所担任所长兼《苏联东欧问题》杂志主编的时候，1983年在山东大学历史系毕业的徐隆彬同志从1988年开始就给我们研究所办的这本杂志不断投稿。先后曾在我们的杂志上发表过10多篇文章。当时，《苏联东欧问题》杂志每期付印之前我都要过目，所以对徐隆彬这位作者的名字我是有印象的，但对那些文章的内容则已淡忘了。徐隆彬同志对我也是从我发表的一些文章和译著中认识我的。7年前，即 2001 年那年，我应新华出版社的约请，为该社校对了由王志华、徐延庆和刘玉萍三位译者翻译的贝利亚的儿子谢尔戈·贝利亚写的《我的父亲贝利亚》一书。此书出版后，《作家文摘》曾连续半个月摘载了此书主要章节的内容，曾引起广大读者对贝利亚这个在苏联历史上早已被人民淡忘了的人物和贝利亚问题的兴趣。我在校对这本书的译文的过程中，除了进行文字上的校对和加工外，也参阅了不少历史材料和有关贝利亚的一些著作，在结束校对后因对苏联当年发生的这桩历史案件颇有感触而为本书的中文版写了一篇题名《让历史和时间来裁决》的序言。想不到我写的这篇序言竟然促使徐隆彬花了 5 年的时间去收集他所能收集到的国内外已经出版的有关贝利亚的研究材料，并埋头写出了现在摆在读者面前的这本《贝利亚之谜》。正如他在 2006年 6 月在写成书稿后把书稿寄到北京时附来的一封信中说的，5 年前我拜读了您给《我的父亲贝利亚》中文版写的序，这篇序给了我很大启发，并使我产生了这样的认识："围绕贝利亚还有许多历史谜团，这个被视为'恶魔'的人自己也承受了许多不白之冤，觉得对此人很可以进行一番研究。基于这样的认识，我便开始了对有关贝利亚资料的收集、梳理和研究。经过 5 年的努力写出了这部拙著。"我看了他的来稿和来信，一方面对我写的那篇序言能引起他这样的反响感到欣慰，另一方面也觉得他的辛勤钻研和笔耕的精神十分可嘉。但是他在去年给我寄到北京的书稿和信件，我在今年才看到，那时因为我 2006 年大部分时间都住在上海照顾我的因患重病而在医院里卧床不起的老伴。虽然我去年在上海时徐隆彬同志曾给我打过电话，告诉我有一本关于贝利亚的书稿给我寄到了北京，希望我看看并提意见，但我无法立即收阅，我直到去年 12 月底在我老伴不治身亡后才回北京，而回到北京后又有不少事情要办，所以到今年 6 月才有时间坐下来看他的书稿，正是在看他的书稿时才发现他夹在书稿中的上述那封信。当我看到差不多过了一年才打开的这封热情来信时，心中既感到十分高兴，也因没有能早一点看到他的来信而给他回信深感抱歉。

看完了徐隆彬同志的这部书稿后，我觉得他在 5 年时间中真是花了极大的精力去收集国内外有关贝利亚的档案材料和研究材料，并对这些材料进行整理、梳理、分析和研究。并在这个基础上，写出了这一部可以说是迄今为止我国学者自己著作的关于贝利亚这个苏联历史人物的最系统和最完整的著作。我认为这部著作是很有学术价值的，他的特点不仅在于对贝利亚的生平做了相当完整的叙述，而且还在于以贝利亚的生平为主线，对苏联从 1930 年到 1954 年这段近 20 年的很重要的历史时期中发生的与贝利亚有关的许多重大史实和事件，都在收集和研究大量真实档案的基础上做了比较系统的叙述。弄清贝利亚这个历史人物的一生经历，尤其是他到莫斯科进入苏共中央的核心领导圈，一直到斯大林去世后他搞"百日新政"和最后被戴上"叛徒"和"帝国主义间谍"等帽子而遭枪决的这段时期中贝利亚所参与和经历的苏联一系列重大历史事件，对我们厘清苏联过去出版的许多不能反映历史真实的官方历史书籍，恢复苏联的许多历史真相，对我们根据历史真实深入总结和吸取苏联和苏共的历史教训是有很大意义的。正是在这个意义上，我觉得徐隆彬通过 5 年的辛勤耕耘，奉献出了一个很有价值的学术成果，这是值得我们祝贺和高兴的。

俄罗斯历史学家、俄罗斯国家档案馆馆长鲁·格·皮霍亚教授在他著作的《苏联政权史》一书中在谈到苏联的历史研究时指出，"苏联政权对于本国历史的研究采取了先入为主，提出把意识形态的目标和标准作为评价历史事件好坏的标准的做法"，"先宣布一系列原则作为先验性的真理"，"在苏共执政后，要像俄国历史学家克柳奇科夫那样采用科学的方法去研究历史已经不可能了，因为这样的方法有悖于'党'的方针"。确实，苏联过去出版的大量历史书籍，从斯大林亲自审定的《联共（布）党史简明教程》开始，很难反映历史的真实情况和规律。然而由于苏联是世界上第一个社会主义国家，曾在世界各国引起人们的热烈向往，因此这些书籍不论在苏联，还是在国外，包括在我国，在人们对苏联历史的认识上所产生的影响和留下的印象却是非常巨大的。我们今天要深入总结苏联和苏共的历史教训，就需要肃清苏联出版的那些历史书籍在我们头脑里所留下的先入之见和以先验的意识形态作为检验历史标准的影响，就要努力去弄清苏联各个历史时期的历史真相，根据实践是检验真理的唯一标准的马克思主义原则去检验各个重大历史事件和历史人物，这样才能对苏联的许多历史事件和历史人物得出正确的、有客观根据的科学认识和判断，并从中总结出苏联和苏共搞了74年社会主义之所以会失败的深刻原因之所在。

自苏联剧变以来，我国学者在深入研究苏联历史，恢复苏联历史真相和总结苏联的历史教训方面已做了很多工作，取得了不少成果。徐隆彬同志的这部新著就是这方面的又一部很有价值的著作。不过从我们深入总结苏联历史教训的需要来说，我们在这方面所做的研究工作还是不够的，还有大量的苏联历史事件和历史人物的真相有待我们去探索、研究和作出合乎历史真实的科学结论。好在现在俄罗斯公开的苏联档案和出版的各种回忆录越来越多了。据皮霍亚提供的数字，在苏联解体之前，到 1991 年中，苏联国家档案馆保存的档案为 9300 万件，就是这些档案在苏联时期也只允许有限的一部分学者去查阅，而到 1992 年俄罗斯国家档案馆保存的档案已增至 2.04 亿件，到 2006 年又增至 2.5 亿件。皮霍亚说，形势的变化为俄罗斯对本国历史的研究开辟了一个崭新的局面。我相信我们今后将可收集和看到苏联档案材料和其他历史材料会越来越多，这就为我们进一步弄清苏联历史真相提供了更大的可能，在这个学术领域中，我国学者还有很多工作要做，还是大有可为的。

最后，允许我衷心祝愿本书作者在他的研究工作中取得新的成就，祝愿苏联研究领域中我国更多的年轻学者为弄清苏联各个时期的历史真实，为深入总结苏联和苏共的历史教训，为服务于建设中国特色的社会主义事业作出自己更大的贡献！

（写于 2007 年 10 月）

一本有助于了解俄罗斯人性格、促进中俄友谊的读物

——《俄罗斯人的性格探秘》序言

　　首先，我要在这篇序里说一下对王宪举同志这部专门分析和论述俄罗斯人性格特征的专著的现实意义和价值的看法。我觉得，在当前中俄两国和两国人民关系迅速改善和发展的历史时刻，这样一本著作的出版对我国广大人民群众加深对俄罗斯和俄罗斯人民的了解，从而进一步促进两国人民之间的了解和友谊是十分有意义和有价值的。这从以下三个方面都可看出来。

　　第一，从中苏关系曲折发展的历史视角来看，从1949年10月1日中华人民共和国宣告成立之时起，两国关系经历了10年多中苏关系的"蜜月时期"。但其后在长达20年时间中，由于双方都负有责任的种种复杂

原因，两国从开始的争论升级到争吵，最后反目成仇，发展为势不两立、兵戎相见的敌对状态，这种情况一直持续到 1989 年 5 月戈尔巴乔夫访华，邓小平与戈尔巴乔夫举行会谈才恢复了两党、两国的关系正常化，打开了"结束过去，开辟未来"的美好前景。双方所处的长达 20 年的敌对状态，以及由此造成的彼此长期隔绝，在双方人民群众对对方的思想认识上留下许多误解、偏见与不信任的烙印。很难说这些烙印今天已完全消失，我们还需要为此而努力多做工作。由此就可看到王宪举同志这部著作的价值之所在。

第二，从当前需要进一步发展和充实中俄关系的角度来看，1991 年苏联解体，俄罗斯成为苏联的继承国后，一直对中国保持着良好关系，尤其是与中国一起妥善地解决了边界问题（历史遗留问题），使这条漫长的边界线成为连接两国的一条和平边界。两国还签订了"中俄睦邻友好合作条约"，使两国的战略协作伙伴关系牢固地建立在条约基础之上。现在，谁都看出，中俄两国关系正处于历史上最好时期。当然，符合两国人民根本利益的两国战略协作伙伴关系仍需要双方随着时间和形势的发展不断加以呵护和充实。王宪举同志这部著作的写作主旨是在促进两国人民的相互了解与友谊，为中俄关系奠下坚实的群众基础。

第三，从今天全球化时代建立以和平发展和合作共赢为主题的和谐世界的新世界格局的需要来看，今天世界上包括新兴国家在内的许多国家都在为建立一个和谐世界的新格局而努力。在这一崇高事业中，人口与面积总数在全球占很大比例的中俄两国无疑起着巨大作用。进一步发展和充实中俄关系自然也有利于人类建立和谐世界的共同事业。

其次，我要在这篇序中介绍一下我所知道的本书作者王宪举同志的一些情况，也许可以有助于读者去阅读这部书。在十多年前我就与王宪举同志相识，他作为我国驻莫斯科的记者曾向我们介绍过俄罗斯出版的一些论述俄罗斯历史与现状的书籍，例如《权力的公式——从叶利钦到普京》和《历届克格勃主席的命运》这两本书就是他介绍的，他也参与了这两本书的部分翻译工作。他每次从莫斯科回国休假，都要找机会到我家来看望我并向我介绍俄罗斯的近况，他谈的情况常给我留下深刻的印象。2008年他送我一本纪实性著作《我在莫斯科当外国记协主席》。看了这本书之后，我对他的情况就更了解了。知道他1954年11月生于浙江慈溪，1972年－1974年就读于北京第二外国语学院俄语专业，1974年－1976年就读于阿尔巴尼亚地拉那大学历史语言系，学会了阿尔巴尼亚语，1976年6月毕业分配到新华社国际部工作，1983年5月—1985年5月到新华社干部进修学院学习英语，经过刻苦努力终于学会了英语。他于 1987 年 1 月—1989 年 7 月被新华社派往莫斯科任新华社驻莫记者，1991 年 3 月—1996 年 8 月又任《中国青年报》驻莫斯科记者，1998 年 1 月—2000 年 4 月又任《光明日报》驻莫斯科首席记者，在这期间从 1998 年 11 月—2000 年 4 月还兼任俄罗斯外国记者协会主席，曾获得 1999 年度俄罗斯"最佳新闻记者暨莫斯科市长奖"。2005 年 7 月他被调至我国驻白俄罗斯大使馆任新闻参赞。王宪举同志还在莫斯科当记者时就意识到了研究俄罗斯人性格问题的重要性，并开始收集和积累这方面的资料。几年前他开始着手写作《俄罗斯人性格探秘》这部书，完成初稿后又根据国内同志们的建议数易其稿，直至达到现在这本书稿呈现的面貌。由于他具有这样的资历和背景，我认为他是承担研究俄罗斯人的性格问题这个复杂问题的合适人才。近年来在我国发表了一些论述俄罗斯人性格问题的论文和著作，不过从内容的翔实性和分析与论述的深刻性来说，他这部书可能还算是第一部。

另外，我也想把本书的结构与内容在此作一个简要的介绍，这也许可以作为对本书导读的一个引子提供给读者作为参考。本书的结构与内容由前言和以下四个部分组成：

本书在第一部分中讲述了俄罗斯人的主要性格特点，共列举了俄罗斯人的 15 条性格特点；

在第二部分中探讨了是什么造就了俄罗斯人的性格，讲到了东斯拉夫人的人种遗传、心理特点、俄罗斯广袤寒冷的地理特点、历史烙印和文化陶冶等五个方面的影响。其中在历史烙印方面又探讨了宗教、特别是拜占庭东正教，蒙古鞑靼人长达 200 多年的统治、连绵不断的战争和漫长的农奴制等四个方面的影响；

在第三部分中探讨了俄罗斯人独特的生活方式，讲到了俄罗斯人的饮食、衣着、饮酒习惯、婚姻和家庭观念、家庭生活、泡澡堂的习惯、休闲和娱乐意识、性格急躁喜开快车、妇女的不同类型、喜欢养宠物等十个方面；

在第四部分中探讨了俄罗斯人复杂的社会和精神价值观，讲到了社会结构的变化、三代人不同的价值观、现代俄罗斯人的自我意识、对挣钱的看法、"新俄罗斯人"问题、爱国主义的内涵、强国主义观念、社会关系网问题、俄罗斯人的懒散、对西方的矛盾看法、对商人的复杂态度和谁是俄罗斯的伟人等十五种观念。

以上勾画了本书的一个结构轮廓，希望它能有助于读者在阅读本书时随时把握住贯穿于书中的主要线索，从而便于对全书内容的把握。

最后，我要引用本书作者在他写的前言中说的几句话。他说："研究俄罗斯人性格问题是一个很有意义、但又非常复杂的工作……本人这一拙作只是关于俄罗斯性格问题研究中的一孔之见，就像碧波万顷大海中的一朵浪花，万紫千红花园里的一朵小花而已。如果此书能对读者了解和认识俄罗斯人的性格特点有所裨益，作者将感到十分高兴，多年来所付出的各种辛劳也就有所值了……关于俄罗斯人性格的这本小书出版了，但是有关问题的研究远未结束。我愿意和其他学者和专家一起，继续探究这个谜底。"

我祝贺我国学者在探究这个谜底的工作中已经取得的成就，并预祝他们在新的探究中取得更大的成就！

是为序。

（写于 2011 年）

作者简历

本书作者徐葵是中国社会科学院荣誉学部委员、社科院俄罗斯东欧中亚研究所原所长、俄罗斯科学院远东研究所名誉博士、美国哥伦比亚大学俄国研究所资深访问学者。

1927年出生于江苏省南汇县张江镇黄家宅,幼年时在黄家宅上私塾三年。

1934至1939年,在浦东张江镇张江小学初小和上海同义小学高小上学。

1939至1943年,在上海复旦中学初中、圣约翰初级青年中学和圣约翰大学附属高中学习。

1943年12月至1944年初,离开上海去抗日战争时的陪都重庆。

1944年上半年，在四川省自贡市蜀光中学高二年级借读。

1944年下半年，考入从北平内迁到重庆巴县的朝阳学院法律系上学。

1945年7月，在朝阳学院加入重庆地下党外围组织"中国民主青年同盟"。1946年上半年，朝阳学院迁校，停课半年，从重庆返回上海家中。

1946年8月，从上海北上到北平朝阳学院继续上学，在课余向北平东正教堂一位俄国老修女学俄文，经过200小时的学习基本上学会了俄语。

1948年6月 在北平朝阳学院司法组毕业，获法学士学位。随即离开北平去冀中解放区。

1948年7月—11月，在冀中解放区正定华北大学政治训练班学习。

1948年12月，上半月在平山华北市政干部培训班学习。下半月在良乡等待解放军与傅作义部队谈判签订和平解放北平的协议。

1949年2—5月，2月初随东单区连队进北平市接管东单区，被分配到东单区民政府教育科工作，5月上旬加入中国共产党。

1949年5月中至1965年"文化大革命"开始时，1945年月中旬调到新民主主义青年团中央国际联络部工作。1958—1962 年被派至捷克斯洛伐克布拉格国际学联工作，担任国际学联书记处书记。1964 年 6 月在青年团第九次代表大会上当选为团中央候补委员，随后被任命为国际联络部副部长，兼任全国学联秘书长，全国青联副秘书长。

1965 年 6 月至 1975 年 5 月，接受团中央军代表和造反派的审查，于 1968 年被关进团中央"牛棚" 10 个月。1969 年 6 月下放到河南团中央五七干校接受劳动锻炼，1973 年给予我党内警告处分。后经我申诉，为我平了反。

1975 年 5 月—1980 年，从河南五七干校调回北京，被分配到中联部苏联组工作。1976 年 2 月，调入中联部恢复的苏联研究所工作，1978 年被任命为研究所副所长。

1981 年—1999 年，1981 年初，中联部苏联研究所转入中国社科院苏联东欧研究所，先后担任副所长、代所长、所长、党组书记。1987 年—1997 年连续两届被推荐为全国政协委员。从 1991 年苏共亡党和苏联解体时开始至 20 世纪初期的近 20 年时间中（包括 1999 年离休后的近 10 年时间）主持并参与翻译了近 30 本关于苏联和俄罗斯以及哈萨克斯坦等国家的政治经济和文史方面的译著，主编或合编了《苏联概览》、《经济全球化、地区化与中国》、《中国特色的社会主义和当代世界》、《苏联剧变研究》、《苏联剧变新探》、《苏联兴亡史论》等专著，参与了宦乡主编的《当代世界的政治经济问题》、团中央国际联络部编辑的《布拉格的回忆——参与国际学联工作 20 年（1947 年－1966 年》与《布达佩斯的回忆——参与世界青联工作 20 年（1947 年－1966 年》等几本著作的编写工作。此外，还撰写了几十篇论文和报告等学术材料。

2000 年至今，继续从事苏联问题的学术研究和专著的出版工作。